LA DILIGENCE,

CHANT PREMIER.

ARGUMENT.

Invocation à la Bienfaisance. Invitation aux Muses. Réunion des voyageurs et leurs douces pensées. Arrivée des chevaux. Départ à minuit. Dispute pour les places. Portraits des voyageurs. On part. La diligence éveille les habitants de la ville. Les voyageurs s'endorment, excepté Constance et Florimon, son voisin. Il lui conte des histoires de voleurs, pour engager la conversation. Dormilly se joue avec le chien de Chloris, afin d'intéresser cette dame. On commence à se lier. On descend au pied d'une montagne. Mondor et Doriméne restent seuls dans la voiture. Les chevaux sont entraînés par la charge, et la diligence est près de périr. On remoute. On arrive au relais. On repart. Lever du soleil Plaisirs de l'homme matineux. Joie des amants. Portraits. Surprise et dédain de Mondor. Froideur de la servante Fanchon pour le marchand Grichois.

LA DILIGENCE,

POËME

EN QUATRE CHANTS.

Par M. D'ETALLEVILLE.

A PARIS,

Chez Latour, Libraire, grande cour du Palais-
Royal;

Et chez les marchands de nouveautés.

1813.

DE L'IMPRIMERIE D'ANT. BAILLEUL.

LA DILIGENCE.

CHANT PREMIER.

Écoutez tous, je chante une merveille
Qui nous servit, qui vous ouvre son sein,
Qui pour autrui s'agite, et court, et veille,
Qui dans son cœur porte le genre humain.
C'est ton image, ô douce Bienfaisance !
Pénètre donc de ton souffle divin
Celui que sut charmer ta ressemblance.
Viens, soutiens-moi dans mon noble dessein :
Donne à ma verve une riche abondance,
Je vais chanter.... la grosse Diligence.
    Asseyez-vous sur ses bancs inégaux,
Sans disputer pour la première place,
Aimables sœurs. Du sommet du Parnasse
Je vous conduis en des pays nouveaux,
Où de vos pas on ne voit nulle trace.
Viens, ma Thalie, amène la gaîté ;
Venez, Clio, que suit la vérité ;
Venez aussi, sanglante Melpomène,

1

Un long voyage est semé de dangers.
Pour les Amours, qu'ils montent par douzaine,
Mes gros chevaux les traîneront sans peine;
Ces beaux enfans sont toujours si légers !
Allons, allons, il est temps que j'attelle.

S'il est un lieu d'espoir et de bonheur,
C'est le salon, à très-mince chandelle,
Où, vers minuit, se rend le voyageur.
Dans cette enceinte, en silence il repasse
Ses doux projets, enfants de son désir.
Tout lui sourit. Il va franchir l'espace :
Il ne voit point d'autre obstacle au plaisir.
Oui, c'est à vous qu'aujourd'hui j'en appelle,
Provinciaux qui, de vos humbles toits,
Vers cette ville, et si grande et si belle,
Portez vos pas pour la première fois;
A toi, poëte, avide de suffrages,
Dans ta famille Apollon si vanté,
Qui vas enfin recueillir les hommages
Que Paris doit à la célébrité;
Enfin à toi, vrai miroir de tendresse,
Toi qui rejoins, après un mois d'ennui,
Le lieu charmant qu'embellit ta maîtresse :
Un si beau jour vous a-t-il jamais lui !

Ne pressez point, insensés, votre guide :
Rien ne vaudra peut-être ce moment.
Hélas ! hélas ! si la belle est perfide,
Gros de sifflets, si Paris vous attend,
S'il est moins beau que l'on sut vous le peindre,
Sera-ce à moi qu'on osera s'en plaindre ?
Pour votre bien j'alongeois cet instant,
De plaisir pur et de bonheur constant.

    Gonflés de foin, enorgueillis d'avoine,
Six bons chevaux, à ventre de chanoine ;
Des fainéants connoissant le grand art,
Levant sans hâte un pied qu'ils posent tard,
Vont se ranger dans leur ordre ordinaire ;
Pour tout bonjour se mordent la crinière,
Et sans ardeur attendent le départ.

    Le conducteur a placé sa cassette,
Lettres, paquets, registre, feuilletons ;
Et, dans la salle, à la troupe inquiète,
Il a crié : Montez-tous, nous partons.
Chacun se lève, on saisit les cartons,
On met le schall, on ferme la douillette,
Et le carlin se niche sous le bras.
Deux jeunes gens, pour sauver les débats
D'une incommode et vaine politesse,

Passent devant, gagnent leur rang d'un saut.
Le reste suit. Une vieille comtesse
Porte un coussin bien mollet et bien chaud;
Et, sans y voir, montant à l'escalade,
Va le poser, d'une indiscrète main,
Sur les genoux d'un jeune muscadin.
« Eh ! suis-je donc un fauteuil de malade?
» Dit l'élégant, courant à la parade.
» — Non, mais soyez galant comme un François.
» — Mille pardons, je garderai ma place.
» — Ah! c'est, dit-elle, en grondant à voix basse,
» De ces messieurs que l'on eut pour laquais.
» — Oui, j'ai servi, dit l'autre qui s'enflamme,
» Mais ma maîtresse étoit pleine d'attraits;
» Je ne crois pas être entré chez madame.
» — Les insolents n'y parvinrent jamais. »
Si ces deux gens, dans le cours du voyage,
Par leurs amours éveillent les caquets,
L'événement confirmera l'adage :
Lorsqu'on doit plaire, on plaît à peu de frais.
Le commis vint mettre fin au tapage;
Et, s'appuyant d'un principe connu,
Dit, qu'en un coche, une dame, un peu sage,
Sans batailler, cède au premier venu :

Bien avant elle il s'étoit fait inscrire.

Mais il est temps, cher lecteur, de vous dire
De quels vivants mon carrosse est farci.
Notre élégant, ce jeune sans-souci,
Qui, sans égards, tient si ferme à son poste,
Et dont l'esprit est fertile en riposte,
De sa commune est un enfant gâté,
Donnant le ton à sa noble cité.
Son adversaire étoit une comtesse.
Aux jours affreux de la destruction,
Elle a perdu ses biens et sa noblesse;
Mais elle attend, ferme dans sa détresse,
A tout moment la restitution.
Près du galant est une jeune dame,
Aux yeux mouillés, au cœur gros de soupirs:
Elle quittoit un objet qui l'enflamme,
Et déroboit quelques jours aux plaisirs.
A l'autre coin étoit sa confidente,
Belle, sensible, et presqu'aussi dolente,
Que le veuvage afflige dès trente ans.
Pour son amie elle est si complaisante!
Tant de pitié l'émeut pour les amants!
Ah! c'est la fleur des cœurs compatissants!
Un officier siégeoit vis-à-vis d'elle.

1*

Il rejoignoit sa garnison nouvelle,
Et, sans pleurer, quittoit ses vieux parents.
Il est encore à la fleur de son âge.
Son père avare habite le village :
Là, nul objet n'excite le désir.
Un autre père a toute sa tendresse :
A dix-huit ans on est fils du plaisir.
A son côté se trouvoit la comtesse.
Au dernier angle, et pestant, et jurant,
Un nouveau riche étaloit sa mollesse.
Comme on le serre ! ah ! le coussin le blesse !
On est si mal, placé sur le devant !
« C'est bien cruel, dit, en l'interrompant,
La vieille dame, aussi fine qu'altière,
Qui, dès l'abord, évente le manant,
« Monsieur est fait pour se mettre derrière. »
Un gros marchand, jeune, frais et replet,
S'étoit hissé dans le cabriolet.
Auprès de lui se trouve une servante,
Pour son état un peu trop élégante.
Je n'aime point cet air archi-coquet !
Je n'aime point.... je parle en moraliste,
En vieux guerrier, blanchi sous le mousquet,
Car, j'en conviens, rarement je résiste

A la magie , au coup d'œil enchanteur
D'une toilette où présida le cœur.
Il faut encor, pour compléter ma liste ,
Nommer ici le galant conducteur ,
Très-bon enfant, et sur-tout grand dormeur.

Un fait certain, majeur pour mon histoire ,
Est que ces gens ne s'étoient jamais vus.
Je dis jamais. Dans cette salle noire ,
Où, pour attendre, ils s'étoient tous rendus,
Une lanterne , au plus sombre visage ,
Vivant en sœur avec l'obscurité ,
Ne laissoit pas distinguer le visage ;
Et tous, à part , occupés du voyage ,
S'étoient trouvés sans curiosité.

On a dit : marche , et tout s'est agité.
Par les chevaux , tendus sur la volée ,
Du char pesant la masse est ébranlée.
Tout obéit au fouet du postillon.
Du frottement la roue est échauffée ,
Et , de son fer , l'horrible carillon
Fatigue l'air , et chasse au loin Morphée.
Il part , suivi de ses songes flatteurs .
Et , qui plus est , de l'oubli des douleurs,
Arrête , arrête , ou ta perte est certaine ,

Boîte fragile, objet de mes frayeurs !
A chaque pas tu te fais, par centaine,
Des ennemis, pires que les dormeurs ;
Bientôt sur toi vont fondre les malheurs.
Crois-tu, dis-moi, que l'amant vif et tendre,
Qui de minuit, l'instant des rendez-vous,
A, palpitant, compté les douze coups,
Pardonne au bruit qu'au loin tu fais entendre ?
Il le condamne au supplice d'attendre.
Tant de vacarme éveille les jaloux,
Dont le sommeil sera lent à reprendre.
Qu'il te maudit ! Mais, en péché mortel,
Point rassurant pour notre diligence,
Il n'aura pas bien du crédit au ciel.
    La ville enfin recouvre le silence.
Hors de ses murs le char bruyant s'élance,
Et son fracas, ennemi du repos,
N'éveille plus que les lointains échos.
    Ainsi qu'on voit ces grands foudres de guerre,
Ces fils de Mars, de leur bras destructeur,
Faire autour d'eux éclater le tonnerre,
Et conserver le calme dans leur cœur ;
Ainsi, parmi l'effroyable vacarme
Du fer, des fouets, du grand trot des chevaux,

Le doux sommeil vient semer ses pavots
Au sein du char qui met tout en alarme.
Du voyageur, qui s'abandonne au charme,
Le chef branlant des pavés inégaux,
Par ses saluts, répète les cahots.
Le corps s'affaisse, en tous sens se balance,
Cherche un appui contre le bras voisin,
Et, de côté, la bouche qui s'avance
Semble tenter quelque amoureux larcin,
Ou, doucement, parler en confidence.
    Si tu savois, comtesse, à ton réveil,
Qu'au muscadin tu fis la révérence,
Que tu soutins, d'un air de complaisance,
Du parvenu le visage vermeil ;
Tu maudirois, à coup sûr, le sommeil !
    En vain Morphée essayoit son empire
Sur la beauté qui pleuroit son amant :
Ce dieu balourd attaque vainement
L'amour qui rit ou l'amour qui soupire.
Notre Constance, elle portoit ce nom,
Si bien choisi pour son âme fidèle,
Comptoit tout bas, dans son affliction,
Les jours de deuil, de regrets, d'abandon,
Où la condamne une absence cruelle.

Absence, hélas ! au moins de trois lundis ;
Lundis charmants, où la vieille Araminte,
Tassant la ville autour d'un vert tapis,
Donne beau jeu, dans sa brillante enceinte,
Aux grands joueurs ainsi qu'aux cœurs épris.
C'est là qu'à l'aise elle lorgnoit Damis.
Mais quels regrets triplent sa doléance
Au seul penser des bals de trois jendis !
On se voit, là, de si près à la danse !
Damis y valse avec tant d'élégance !
Les autres jours, à l'amour interdits,
Ont dans le cœur une place bien chère ;
Le souvenir des deux soirs favoris
Toujours l'enchante une semaine entière.
    Le muscadin, qu'on nomme Florimon,
Autre galant à fringante paupière,
N'a pas besoin d'attendre la lumière,
Pour être sûr qu'un obligeant démon
Sut lui choisir une aimable voisine :
Oui, sans y voir, jeunesse se devine.
Un souffle pur, de si doux mouvements,
De la fraîcheur l'émanation fine,
Qui, de son tact, éveille tous les sens ;
Tout, aux voisins, révèle le printemps.

Il sait déjà que la belle est chagrine.
De sa douleur il devine l'objet :
Pleurs, à vingt ans, ont tous même sujet.
 Florimon dit sur cette nuit si noire
Un mot en l'air. D'un oui sec on répond.
Pour établir un colloque plus long,
Lors de voleurs il commence une histoire.
Toujours la peur attache l'auditoire :
Il le savoit. Oh ! cet homme a du fond !
Déjà Constance est pour lui tout oreille.
C'est, en tous points, circonstance pareille.
Profonde nuit, bien des gens endormis ;
Tout à coup : Halte ! et puis du feu, des cris.
Deux gens blessés, la portière qui s'ouvre,
Des bras sanglants!... Ils prennent aux cheveux
Une beauté, qui de pâleur se couvre,
Et de la mort offre l'aspect affreux.
Les scélérats vont de leurs mains impures....
Mais, à la belle un jeune homme étranger,
Au même instant, s'arme pour la venger.
De ce héros les atteintes sont sûres.
Trois des brigands expirent sous ses coups :
Le reste fuit, tout chargé de blessures,
Et le vainqueur, désarmant son courroux,

Tombe aux genoux de la belle expirante.
Elle renaît. Un coup d'œil enchanteur,
Où se peignoit l'âme reconnoissante,
Paye trop bien l'heureux libérateur.
Constance, à part, note cette aventure,
Et, de ce fait, elle vient à conclure,
Qu'il faut toujours, crainte des accidents,
Fort bien traiter messieurs les jeunes gens.
Pour voyager, sa mère, trop âgée,
L'avoit remise à Chloris, en partant.
(L'aimable veuve avoit ce nom charmant.)
Celle-ci voit la partie engagée,
Mais, je l'ai dit, son cœur est indulgent.
Du bel absent la flamme protégée
N'est pas encore en un danger pressant ;
Même à Damis la rencontre est propice :
Tout, jusqu'au cœur, a besoin d'exercice !
  Notre officier songe à son régiment,
Et n'a fermé les yeux qu'un seul moment.
Un chien mignon, qui vient et le caresse,
Semble quêter des soins pour sa maîtresse.
La veuve avoit, pour charmer sa langueur,
A ce roquet un peu donné son cœur.
Elle est jalouse et vite le rappelle ;

Mais Dormilly , retenant l'infidèle ,
Parle en son nom et lui fait déclamer :
« Belle maîtresse , ah ! laissez-moi , de grâce ,
» Aux bras que Mars depuis peu vient d'armer ;
» Ce bon soldat m'apprend à vous aimer.
» — Non , non , Carlin , reviens vite à ta place ,
» Reprend Chloris , on te rendra léger ;
» Sous cet habit on ne fait que changer. »
      J'abuserois de votre patience
Si je disois les riens , très-importants ,
Par où toujours débutent les amants.
Il nous suffit : la liaison commence.
      J'entends crier femme à grands sentiments :
« Ces dames vont , conteur , un peu trop vite !
» — Mais songez donc au bon emploi du temps.
» Songez qu'au but le char se précipite ,
» Et sur l'usage , en des instants si courts ,
» Ne venez point chicaner les Amours.
» On voit souvent , j'en eus l'expérience ,
» Dans vos salons aller en diligence. »
      Mais cependant notre gros conducteur
S'éveille , et vient sommer le voyageur
Sur ses deux pieds de se mettre en campagne.
Il faut gravir une haute montagne ,

Et de son poids soulager les chevaux.
Dormilly, leste, est à bas en deux sauts,
Donne le poing galamment à sa dame ;
Et Florimon, par des soins tout égaux,
Fait deviner une pareille flamme.
Le conducteur aux belles, poliment,
Avoit prescrit de rester à leurs places ;
Mais il leur faut un peu de mouvement.
« D'un long repos, ami, nous sommes lasses. »
Je vous entends ! Le doute est importun.
Sur votre amant, la nuit étend son voile ;
Et, pour savoir s'il est blond, s'il est brun,
Il faut un peu consulter son étoile :
Le ciel venoit de s'éclaircir un peu.

Monsieur Mondor, qu'en vain on sollicite
De mettre aussi sa lourde masse en jeu,
Ne répond rien à celui qui l'invite.
Il laisse autrui suer à son défaut.
Il sait trop bien que, sans frais ni mérite,
On peut encor parvenir assez haut.

La grande dame à bon droit se dispense
D'ôter au char un poids qui le retient :
Quand on est vieille, à regret on avance ;
On voudroit tant retourner d'où l'on vient !

J'aime à laisser nos gens en tête-à-tête,
Du financier à faire un séducteur,
A lui choisir une illustre conquête,
Et de la dame à réchauffer le cœur.
Il ne sait point l'âge de Dorimène ;
Elle fut belle, et dans l'obscurité,
Sous les reflets de lumière incertaine,
De ses débris renaissoit sa beauté.
Comment Mondor va-t-il être écouté ?
La dame a vu qu'il est de bas parage.
Qu'importe ? au fait c'est toujours un hommage.
Quand le cœur lutte avec la vanité ,
Sur elle il a bien souvent l'avantage.
Enfin il faut , le hasard l'a voulu ,
Que , sans répit , on aime dans mon coche.
A tous mes gens ce sort est dévolu.
N'en faites point au conteur un reproche :
Fidèle écho du plus galant des dieux ,
Oseroit-on me trouver ennuyeux ?
   Il faut encor que je fasse descendre
Le gros marchand, qui se frotte les yeux,
Et la servante, aux regards langoureux.
Mais , quoi! Ces gens n'ont pas l'air de s'entendre !
Ils ont dormi tous deux à qui mieux mieux.

Le ciel jetant une foible lumière,
On avoit peine à distinguer les traits ;
Mais l'œil avoit, pour son auxiliaire,
Désir naissant, si savant en portraits.
Chacun paroît content de son partage.
Bras sont offerts et pris, suivant l'usage.
La main d'abord, pesant moins qu'un oiseau,
Sur son appui se fait sentir à peine ;
C'est l'hirondelle, effleurant le ruisseau
Dans les replis de sa course incertaine.
Mais les aveux, mais les tendres propos
Déjà font naître un peu de confiance,
Et sur le bras on cherche un doux repos :
De la vertu première défaillance !
« Que craignez-vous ? dit l'ardent Florimon,
» En saisissant la main de sa Constance ;
» Des doigts pressés le mutuel jargon,
» Sans rien coûter à la pure innocence,
» Seroit au cœur si douce jouissance !
» — Oh ! non, dit-elle, oh ! non, je ne le peux :
» A mon Damis cette main est promise.
» Tendre Damis, objet de tous mes vœux !
» Oui, pour toujours, Constance t'est soumise.
» — Quoi ! vous aimez ! Nouveau charme pour moi,

» Dit Florimon, pareil serment m'engage.
» On peut ainsi, sans exposer sa foi,
» Au cœur voisin tenir tendre langage.
» Ma belle, en vous, recevra mon hommage;
» De vos soupirs Damis aura l'envoi :
» Tout bon dévot de son Saint a l'image. »
Livrant sa main, sans opposition,
La belle alors se fie à l'innocence
Que prête au mal la bonne intention.
Prude, d'abord si sévère à Constance,
Admirez-vous cette belle défense?

   Mais nous avons laissé notre officier
Dix pas plus loin. Il sermone sa veuve.
Elle paroît toujours s'en défier;
Et le galant, pour lui donner la preuve
Qu'il est encor des preux dans son métier,
Jusqu'à Paris promet d'être fidèle.
Pour que l'amour, dont il veut la charmer,
Puisse paroître un peu plus éternelle,
Il faut, dit-il, tout aussitôt s'aimer.
La veuve étoit bien par trop raisonnable
Pour rétorquer cet argument parfait :
Ce fut pour eux sitôt dit, sitôt fait.

   Serois-tu donc ici seule intraitable,

Belle dormeuse, au galant bavolet?
Ou ton voisin dans le cabriolet
Est-il atteint d'un sommeil indomptable?
Non, sous ses doigts il presse ton lacet.
Tu sembles fuir, et tu le laisses faire;
Car, pour toucher gentille cuisinière,
Toujours suffit de toucher son corset.

Mais il est temps, à la fin, de suspendre
D'amours naissants tous ces riants tableaux.
Loin des galants il me faut redescendre.
Je vais aider à pousser les chevaux.

Le cou tendu, secouant leur crinière,
Pour rendre l'air aux poumons dilatés,
Battant des flancs à coups précipités,
Les fiers coursiers baissent leur tête altière.
Leurs pieds, pressés par un jarret nerveux,
Posent la pince, et déchirent la terre
Sous les crampons de leurs fers vigoureux;
La lente roue, accomplissant le cercle,
De ses longs rais ramène les leviers;
Le large coffre et son pesant couvercle,
Du magasin les énormes greniers
Font à sa bande imprimer des sentiers;
Et du cocher la nerveuse éloquence,

Le sifflement de son long fouet noueux,
Du châtiment rappelant la souffrance,
Donnent du cœur au cheval paresseux.
    Mais de la peur la puissance est usée.
La force cède, à la fin épuisée.
Les nerfs tremblants ont perdu leurs ressorts.
Des traits, du poids balançant les efforts,
Sous son essieu la roue est incertaine.
Hélas ! déjà c'est le char qui l'entraîne.
Du parapet il va franchir les bords.
Encor un pas et, de la haute cime,
Après vingt tours, arrivant dans l'abîme,
De ses chevaux s'écrasant sous le corps,
Il va servir de sépulcre à des morts.
Rassurez-vous. Le postillon agile
De ses chevaux vient de saisir le frein.
Il les détourne, et le timon docile,
Levier puissant, a gouverné le train.
Bientôt le char a fui le précipice;
Et la fortune, au conducteur propice,
Lui vint offrir un obstacle assez fort,
Pour de l'élan soutenir tout l'effort.
    Soufflez en paix et reprenez haleine,
Heureux chevaux ! Échappés au danger,

Vous n'avez point, comme la race humaine,
Après les maux, le malheur d'y songer.

Non moins que vous paisibles dans leur âme,
Et Dorimène, et son galant berger,
Dans ces instants, tout entiers à leur flamme,
N'avoient point vu la mort les menacer.
Mondor, en feu près de sa noble dame,
En reculant, croyoit bien avancer.

Mais la fraîcheur, que la halte rappelle,
Vient rendre aux nerfs une vigueur nouvelle.
Le postillon fait déjà résonner
De son long fouet la noueuse ficelle.
A son grand art il faut l'abandonner ;
Ma Muse active, à sa charge fidèle,
A nos amants a des soins à donner :
Mouche du coche, on ne fait rien sans elle.
Haussons le pas. D'avancer j'ai besoin.
Dans la nuit sombre une troupe amoureuse,
Sans y penser, va souvent un peu loin.

De deux en deux, à la distance heureuse
Où les baisers se trouvent sous la main,
Ils attendoient au milieu du chemin,
Sans accuser la marche paresseuse
Du char pesant, lent à les retrouver :

Ils ne sont plus si pressés d'arriver.
Mais le voici. Le postillon arrête.
Du marchepied, qui tombe avec lenteur,
On n'attend pas que l'échelle soit prête ;
On est d'un saut dans le char du bonheur.
Qu'on est léger quand on n'a plus son cœur !
Sans nulle erreur on retrouve sa place.
Monsieur Mondor fait un peu la grimace.
Il préféroit, à la société ,
La solitude auprès de sa beauté ;
Ne sachant pas qu'au plus grand jour de fête,
Dans le salon, pour le bal apprêté ,
Par mille amants à la fois habité ,
Tout couple heureux se trouve en tête-à-tête :
Même en amour c'est un homme nouveau.
Tu les couvrois aussi de ton manteau,
Nuit bienfaisante , ô nuit enchanteresse !
Toi que j'aimois, dans ma folle jeunesse ,
Bien plus que l'astre à l'éclatant flambeau.
De ma maîtresse, à chaque jour nouveau,
S'il me montroit la forme ravissante ,
Toi, sombre Nuit , douce divinité,
Tu faisois mieux : tu donnois mon amante.
On s'ignoroit dans cette obscurité.

On parloit bas pour s'isoler encore ;
Et si , parfois, quelque mot trop sonore ,
Ardeur, espoir, amour , fidélité ,
Frappoit l'oreille et s'effrayoit d'éclore ;
Même sujet étant par-tout traité ,
Ce mot servoit à la communauté.
Tous à la fois répondoient : je t'adore.
Mais gardons-nous de trahir leurs secrets ;
Muse, en avant. Commandons les relais.

J'entre à la poste. Un jeune homme de garde ,
De bout auprès des chevaux harnachés ,
Dans le jargon des postillons fâchés ,
Semble accuser le coche , qui retarde ,
D'avoir été créé pour ses péchés ;
Et tout carrosse, on le sait, d'ordinaire ,
En punit moins , hélas ! qu'il n'en fait faire ;
Mais , à vingt ans , le sommeil a sur nous,
Sur tous nos sens, un empire si doux ,
Que, franchement, j'excuse sa colère.
Faut-il qu'il soit privé de ses douceurs ,
Pour les plaisirs de maudits voyageurs !
A ce besoin à la fin il succombe.
Son corps s'incline, avec mollesse tombe :
Sur la litière il s'étend doucement,

Et sur sa levre expire un jurement.
Ah ! comme il dort ! Il est exempt de songes.
Le riche seul, en proie à ces mensonges,
Dans son repos est encor agité.
   Mais voici l'heure au postillon fatale.
Devant le seuil le coche est arrêté.
Son camarade a, de sa voix brutale,
Plus de vingt fois, *hu-ho-hé* répété.
Le conducteur secoue en vain la porte.
En vain il fait, armé de lourds cailloux,
Contre un volet retentir son courroux,
Sur son fumier la garde semble morte ;
Mais, par le bruit, le maître est réveillé.
Presqu'en chemise il vole à l'écurie ;
Et le garçon, rudement tiraillé,
De ce brutal évitant la furie,
Court aux chevaux, sans même avoir bâillé.
Et bâiller est un plaisir de la vie.
Le bâillement annonce le sommeil,
Le bâillement le retient au réveil,
Il est enfin, dans la douce énergie
Que prête aux nerfs son pouvoir extenseur,
Le seul plaisir que fasse à son lecteur
L'auteur pesant dont l'ouvrage l'ennuie.

On a bientôt réparé ce retard.

Le postillon, que l'arrivant plaisante,

Pour échapper au propos goguenard,

Fait de son mieux, trotte, se diligente,

Et, d'un élan, saute sur le porteur.

Le descendant, adroit frère quêteur,

Des voyageurs réclame le pour-boire ;

Et dit : « Messieurs, du guide ayez mémoire ;

» J'ai, sur ma foi, mené le plus grand train. »

Ils étoient tous bien portés à le croire ;

Ces amoureux avoient fait du chemin.

Le cœur content rend l'âme généreuse.

D'un large feutre il tend la forme creuse,

Et le gros sou vient unir sa splendeur

Aux gras festons qu'y traça la sueur.

Pour le marchand, je le dis à sa honte,

Enveloppé dans son épais manteau,

De la prière il ne tient aucun compte,

Et laisse en vain tendre le grand chapeau.

Fanchon trouva ce refus ridicule.

Dans le début de tendre passion,

Le moindre tort fait grande impression :

Sa main, plus froide, aussitôt se recule.

Notre quêteur, las enfin de prier,

Le campe là, d'un ton assez grossier;
Car aisément postillon se révolte.
Pourtant, en gros, content de sa récolte,
De bien trotter il donne le signal ,
Et le partant fait un bruit infernal.
  (Dans tous les sens, et, d'un poignet agile,
Il fait plier le Perpignan (1) docile.
La touche, allant et revenant vingt fois,
A chaque tour fait éclater sa voix.
Quand il le veut, le son se multiplie.
L'oreille en feu distingue quatre fouets.
Et puis bientôt, dans son jeu ralentie,
C'est un écho qui parle au fond des bois.
Mais, tout-à-coup, sa mesure pressée ,
Dans l'air battu savamment cadencée,
En se triplant, semble être le refrain
D'un chœur joyeux, perdu dans le lointain.
Le voyageur a la tête cassée ,
Et rit pourtant de cette agilité;
Mais les chevaux vont l'oreille baissée ,
Craignant toujours que, de tant de gaîté ,
Elle ne soit à la fin offensée.

____

  (1) Nom qu'on donne aux manches de fouets , dont
les meilleurs viennent de Perpignan.

Enfin , lassé , le fringant postillon
A , tout-à-coup , cessé son carillon.
Des amoureux la voix, qui s'est accrue ,
De ces accords se trouvant dépourvue,
A tous les coins a fait entendre : *tu*.
Je veux le croire , on parloit de vertu.
Au ton plus bas on redescend bien vîte ;
Et du roman chacun reprend la suite.

   Mais cependant, aux bords de l'horizon,
Une clarté commençoit à paroître ;
Foible lueur du jour qui cherche à naître,
De son retour doux et premier soupçon.
Puis, tout-à-coup , la blancheur azurée
Vint se charger d'une couleur pourprée.
De mille feux le ciel rougit soudain.
De la pudeur c'est l'aimable carmin ,
Teint virginal , dont l'honneur se décore.
Le blond Phébus, s'échappant de son bain ,
Risque un baiser sur les levres d'Aurore,
Et de rougeur son beau front se colore.
Que de clarté! Quel pompeux appareil !
L'éclat , doublé , se redoubloit encore ,
Lorsque, lancé de son disque vermeil,
Un rayon vint annoncer le soleil.

Le front baissé, Soleil, je te salue.
Ame du monde et charme des mortels;
Au temps affreux où des chagrins cruels
Faisoient périr ma constance abattue,
Je me sentois ranimer à ta vue.
Heureux celui que n'a point entraîné
Des merveilleux l'imprudente manie !
Il n'a point vu cet élégant dîné,
Qu'aux plus longs jours éclaire la bougie;
Il n'a point fait, d'un retour clandestin,
Pour lui rougir, et valet, et voisin;
Il ne fut point témoin de cette fête,
Qui de la nuit occupa tout le cours;
Il n'a point vu folâtrer les Amours;
Il n'a point fait de brillante conquête :
Non, mais il voit, frais, dispos et joyeux,
A ton lever, ton front majestueux,
Divin Soleil ! Des vrais biens de la vie
Il va jouir; tandis que nos mondains,
Brûlés d'excès, de vins et d'insomnie,
Sans fermer l'œil, fatiguent leurs coussins,
Et n'ont rien vu, dans leurs brillantes veilles,
Qui de l'aurore égalât les merveilles.
Mais laissons là ce ton de gravité;

Il n'est pas fait pour ma Muse légère.
D'aucuns abus je ne suis irrité ;
Lecteur, le mieux est ce qui sait vous plaire.
    Lors à grands flots pénètre la lumière,
Qui, dans le coche inondé de clarté,
Aux yeux surpris montre la vérité.
Triste bienfait ! une douce chimère
Vaut mieux, souvent, que la réalité.
    Que le retour du jour qui les éclaire
Fut un moment de délices pour toi,
Beau Florimon ! que ta Constance est belle !
Comme son teint s'anime de l'effroi
A l'autre amant de se voir infidèle,
Et, plus encor, de ne pouvoir sentir
Près du nouveau les traits du repentir !
Il est si frais ! il sort, de son œil tendre,
Un feu si vif, si prompt à se répandre !
« Non, non, Damis ne pourra tant aimer,
» Puisque ses yeux n'ont pu tant me charmer,
» Dit-elle : il faut bénir cette rencontre,
» C'est un époux que le destin me montre. »
    Tu ne fais pas ces longs projets d'amour,
Charmante veuve ! Un peu capricieuse,
Et, dans tes choix, moins constante qu'heureuse,

Il te suffit d'aimer au jour le jour.
Gênée en vain par la nuit ténébreuse,
Tu choisis bien ton aimable étourdi ;
Tu n'aurois pu mieux faire en plein midi.
Fraîcheur, noblesse et tournure élégante
Parent encor sa figure charmante.
Oui, c'est l'Amour, qui prit l'habit de Mars
Pour déclarer aux cruelles la guerre.
Chloris n'a pas mérité sa colère ;
Mais ce vainqueur, avide de hasards,
Sans s'informer, pille de toutes parts.

  Chloris joignoit aux charmes du veuvage
Cet air coquet qui commande l'hommage,
Cet art d'aimer, de plaire tout exprès,
Qu'on peut nommer science des attraits ;
Art que n'a point cette beauté si fière
De se trouver rivale du printemps,
Qui, pour tout bien, nous permet les tourments ;
Art qui supplée à cette fleur première,
Et qui me fit, dès mes premiers élans,
Offrir des vœux aux femmes de trente ans.

  Chloris avoit les charmes de son âge :
Ces yeux divins, brillants de souvenirs,
Où l'on peut voir, comme un heureux présage,

Dans le passé l'avenir des plaisirs;
La levre en feu , de baisers affamée;
Ce son de voix qui s'échappe du cœur,
Où le module une amoureuse ardeur;
Dans le maintien la mollesse animée,
Qui du désir annonce la langueur ;
Et tout cela vaut mieux que la fraîcheur.
Notre officier en eut l'âme charmée;
Chaudes amours plaisent aux gens d'armée.
Tout étoit donc en extase ravi.
A droite, à gauche on aimoit à l'envi,
Hors le traitant , que cette clarté pure
Instruisoit trop de sa mésaventure.
La belle main, que dévora Mondor,
Légèrement de tabac colorée,
Avoit l'éclat de cette peau dorée,
Qu'un doigt malade emprunte au batteur d'or.
Oh ! Dorimène est un rare trésor.
Ces yeux , bordés de rouge à triple étage,
Beaux diamants qu'effaçoit l'entourage;
Ce petit nez , le perchoir des Amours,
Qu'en leur absence équitent les lunettes ;
Et ces sillons , du temps profonds labours,
Qui de soucis donnent moissons complètes;

Et cette fraise, et ce large collier,
De ses mentons tapissant l'escalier ;
Sa bouche enfin, aux gencives désertes,
Qui vous fait part, en riant, de ses pertes....
Mais faisons trève à ces tableaux charmants,
Oui, je craindrois d'éveiller trop les sens :
Apelles sut ce qu'on risque à ma place.

    Pourtant Mondor, devenu tout de glace,
Eût avec joie oublié le passé,
Si la comtesse avoit ainsi pensé :
Mais par son cœur sa morgue est abusée.
« Mondor n'est point, dit-elle, un parvenu.
» Pour un seigneur grisette humanisée,
» A fait un duc sous un nom peu connu. »
Par ces pensers l'amour est soutenu ;
Et cependant l'amant s'éloigne d'elle.
Doriméne est terriblement fidèle.
Tapi dans l'angle, aussi droit qu'un piquet,
Il ne sent rien et n'a plus rien à dire,
Mais sa fraîcheur, que notre vieille admire,
Toujours plus fort éveille son caquet.
De sa Vénus il ne peut se défaire,
Il faut choisir entre elle et la portière.

    Même froideur, dans le cabriolet,

Avoit glacé la belle cuisinière.
Certain refus étoit faute grossière :
Pour une fille un vilain est bien laid.
En vain il fait efforts de gentillesse :
Tente un baiser et presse le genou,
Cherche à voler une épingle du cou,
Saisit le bras, le tord avec tendresse ;
Secrets galants dont ce beau sexe est fou :
Fanchon tient bon, je le dis à sa gloire,
Se souvenant toujours de ce pour-boire ;
Rien ne l'émeut, et monsieur le marchand
Garde son cœur et son argent comptant.

Mais je suis las et ma Muse détèle.
Je vais puiser une vigueur nouvelle.
Combien de soins ! Consoler des amants,
Tenir en bride une troupe étourdie,
Car je suis, moi, pour les grands sentiments ;
De tout péril mettre à l'abri leur vie ;
Faire manger, dormir, partir à temps,
Songer à tout ; et, dans tous les instants,
Vous agiter, grelots de la Folie.

FIN DU PREMIER CHANT.

LA DILIGENCE,

CHANT SECOND.

ARGUMENT.

Conseils à Vénus sur la manière la meilleure d'armer les Amours. Timidité des Amants. Mondor veut politiquer. Lieu où le czar Pierre auroit dû, lors de ses voyages, aller pour s'instruire. Comparaison d'une diligence avec un royaume. Les amants se rassurent et s'émancipent. Dorimène, au désespoir, cherche querelle à tout le monde. La roue se casse. Frayeur. Singulier bouleversement dans la voiture. Colère de Dorimène. On descend. On fait venir un maréchal. Pendant qu'on travaille, les voyageurs vont dans la maison d'un paysan et prennent du lait. Fanchon est restée auprès de la voiture. Grichois et Jourdain sont amoureux d'elle. Elle ne veut donner de jalousie à personne. On rappelle les voyageurs. Grands débats dans le cabriolet. Fanchon les termine, en se mettant entre les deux rivaux. On arrive à la dînée. On descend de voiture. On se met à table. Mondor en fait les honneurs. Dorimène trouve tout mauvais. Sa querelle avec l'hôtesse. Triste aventure du café. On repart.

LA DILIGENCE.

CHANT SECOND.

Ainsi qu'un chef, pour régler sa vaillance,
Dans les conseils des combats précurseurs,
D'un vieux soldat admet l'expérience;
Belle Vénus, sensible à nos malheurs,
Si tu voulois, en un jour de clémence,
A mes avis donner pleine audience,
Tes beaux Amours, ces dangereux tyrans,
Ne seroient plus que des vainqueurs charmants.
  J'arracherois de leur carquois perfide
La longue flèche, au vol trop peu rapide,
Qui, sur un couple arrivant sans vigueur,
Meurt de l'effort et ne perce qu'un cœur.
L'autre cœur fuit, ayant reçu l'alarme,
Avant qu'Amour ait réparé son arme.
Alors succombe, au poids de la douleur,
Du coup fatal une âme déchirée,
Qui n'a besoin que d'un consolateur,
Qui fleuriroit, si du dard enchanteur

L'autre âme étoit seulement effleurée.

Mais des Amours j'aperçois le courroux.
Dieux désarmés, de grâce apaisez-vous ;
Je ne veux point vous laisser à rien faire,
Je vous chéris, j'approuve votre guerre,
Et vais charger, pour des exploits si doux,
Vos bras adroits... de fusils à deux coups.
Au premier feu, si la balle égarée
Dans les replis d'une âme timorée,
Ne perçoit pas, dans sa rapidité,
Le second cœur par l'Amour ajusté,
Ou ne portoit la blessure amoureuse
Qu'à l'œil fripon, qu'à la bouche trompeuse,
Nouvel éclair ; du second coup, l'Amour
Frappe l'autre âme et l'embrase à son tour.
Ainsi l'amant est assuré de plaire,
Nul ne gémit d'un désir solitaire ;
Ainsi, Vénus, ou béniroit ton nom ;
Ma Dorimène auroit un sort prospère,
Et tes sujets, déesse de Cythère,
Se loueroient fort... de la poudre à canon.

S'il m'en souvient, quand j'ai posé ma lyre,
Tous nos amants étoient dans le délire ;
Mais, tout-à-coup, étonnés du grand jour,

Chacun s'efforce à cacher son amour :
Par-tout, d'abord, règne un profond silence;
Regard timide, à grand'peine se lance,
Et les genoux, craintifs et retenus,
A leurs voisins deviennent inconnus.
    J'ai souvent ri de cet air de décence,
Du froid accueil, de l'humble révérence,
Dont, tous les jours, nous voyons se glacer
Des gens qui sont plus que de connoissance,
Et, dans un coin, brûlent de s'embrasser.
    Cet embarras, calamité publique,
Alloit changer tous nos gens en muets,
Lorsque Mondor ranima les caquets.
Cet homme habile étoit grand politique,
Dans les cafés étaloit ses projets,
Et disputoit, pour nous donner la paix.
Il prétend donc qu'une taxe nouvelle
Acquitte enfin les pauvres fournisseurs,
De nos succès grands coopérateurs.
Florimon dit leur part déjà trop belle;
Et vivement s'engageoit la querelle,
Lorsque Constance eut l'air de s'ennuyer :
L'amant soumis laissa le plaidoyer.
Mondor crut bien remporter la victoire,

Et de son corps sentit hausser la gloire.

Pierre-le-Grand, pour apprendre à régner,
Sous des habits de très-mince apparence,
Vint parcourir la Hollande et la France :
Il vit le peuple et crut beaucoup gagner.
Pour acquérir autant d'expérience,
Ce Czar fameux, avec moins de travaux,
Auroit rempli des desseins aussi beaux,
S'il eût été dans une diligence.
C'est vraiment là qu'habite la science :
On fait la guerre, on réforme l'état, (1)
On fait quitter aux rentiers leur grabat,
Le peuple vit dans une douce aisance;
Plus de commis, d'odieuse finance,
Plus d'avocats, convoitant les procès ;
Un seul impôt, force juges de paix ;
Dans les pouvoirs une juste balance,
Tous résultats d'une unique ordonnance.

Je suis séduit! mais, de son ris moqueur,
L'homme d'état glace le patriote.
Oui, selon lui, tout novateur radote;

____

(1) Tout le système des économistes, qui a si bien
réussi en 1789.

Et moi, je dis que tout grand voyageur,
Sur ce chapitre, est un bon raisonneur.
On sait déjà qu'il est sujet aux veilles,
Et c'est un fait connu de maint auteur,
Que, dans la nuit, s'enfantent les merveilles.
De plus, je tiens qu'un coche en mouvement
Est le tableau de ce gouvernement,
Si haut prisé par le grave insulaire,
Et dont nos foux, singes de l'Angleterre,
Vinrent, hélas ! nous troubler un moment.
Ce conducteur, qui sur le tout domine,
Et qui s'endort en gagnant son argent,
C'est Georges même et son fils le régent ;
Ce postillon, qui prudemment chemine,
Menant le char pour son maître indolent,
Du fameux Pitt est le portrait parlant ;
Ce fier coursier, qui rue, et mord, et crie,
Qui semble prêt à rompre tout lien,
Mais qu'adoucit l'avoine à l'écurie,
C'est l'ami Fox, faisant grand bruit pour rien ;
La charge enfin qui, souvent trop pesante,
Verse le coche, écrasé sous le faix,
Peint le danger que courent les Anglois
Sous le fardeau de leur dette accablante.

On pourroit donc écouter avec fruit
Un voyageur à cette école instruit.
   Mais ces traités, malgré leur importance,
On fait bâiller le lecteur et Constance.
Allons, Amour, viens, viens nous ranimer,
On ne dort plus, quand on parle d'aimer.
   Ainsi qu'on voit l'enfant, d'abord timide,
Rester muet dans un cercle étranger,
Puis assourdir de son caquet perfide,
Dès qu'il a cru le faire sans danger ;
Oui, tout ainsi, cette troupe amoureuse,
Au jour naissant d'abord un peu honteuse,
Accoutumée à la fin aux regards,
De s'afficher affronte les hasards.
L'œil, moins timide, avec l'œil se rencontre.
Si la voisine avance un peu la main,
La main s'avance et se pose tout contre.
Le pied, trouvant un pied dans son chemin,
A le servir s'offre avec mignardise,
Comme raconte un grand auteur latin,
Qu'un fils pieux servit son père Anchise ;
Et puis la bouche, en glissant de doux mots,
S'approche assez d'une amoureuse oreille
Pour profiter des obligeants cahots.

Comme, tout près, se fait chose pareille,
De se cacher ils ne sont plus si sots :
Gloire à Vénus ! les Amours sont éclos !

Ce doux tableau révoltoit Dorimène ;
De son malheur de plus en plus certaine,
Au lieu de soins, recevant des rebuts,
Tout son amour a fait place à la haine ;
Monstre hideux, qui naquit d'un refus.
Amants voisins, de sa vive colère,
Craignez l'effet, sans l'avoir mérité :
Aux yeux chagrins d'un amour rebuté
Ce fut toujours un vrai crime de plaire.
Elle se lève, et, d'un air de fureur,
Avec effort, baisse à demi la glace.
« Craignez-vous donc la trop grande chaleur ?
» Lui dit Chloris, qu'un vent de bise glace.
» — Non, mais du musc je redoute l'odeur,
» Dit Dorimène ; il entête en voiture.
» Si d'infecter pour vous est un bonheur,
» Fiez-vous-en, Madame, à la nature. »
Pour se venger, Chloris avoit beau jeu ;
Mais elle est douce, et puis elle est heureuse ;
Elle a pitié d'une triste amoureuse,
Et laisse ainsi passer ce premier feu.

4*

De sa bonté Dorimène s'offense.
Elle a besoin d'exhaler son courroux,
Et , sans sujet , va chicaner Constance ,
Tendre colombe , agneau timide et doux.
« Je veux , dit-elle , ici plus de police.
» On doit , Madame, une place à chacun ;
» Vos pieds ont mis les deux miens au supplice. »
Ses pieds ! hélas ! voyez quelle injustice !
Sur le plancher Constance n'en a qu'un.
Contre son banc la pauvrette le place ,
Sans disputer du nombre ou de l'espace.
Point de riposte ; ainsi nouveau chagrin.
Prends garde à toi , joli petit carlin ,
Ton tour arrive. Aussi, que viens-tu faire
Sur les genoux d'une femme en colère ?
Tu ne sais point le poste périlleux.
Chez ta maîtresse, à l'âme débonnaire ,
Tu n'auras vu que des amants heureux.
Qu'ils ont ailleurs quelques moments fâcheux ,
On te l'apprend par le coup le plus rude.
De ton amie il atteignit le cœur ;
Mais elle sut pardonner au malheur.
D'être indulgente elle a fait une étude :
Pour Dorimène affligeante habitude !

Tout est d'accord pour la contrarier,
Carlin, battu, ne voulut pas crier.
Elle va prendre un plus noble adversaire.
De Dormilly le bras par trop la serre.
Il le recule, en demandant pardon.
Allons, à vous, mon ami Florimon !
« Monsieur, dit-elle, on vous somme de dire,
» En me fixant, ce qui vous fait sourire.
» — En vous fixant, reprend-il, d'un air doux,
» Je m'occupois d'une belle adorée,
» En ses discours modeste et mesurée;
» Vous le voyez, j'étois bien loin de vous.
» — Pardon, Monsieur, à tort je vous soupçonne;
» Il est des gens qui ne fixent personne.
» — A ce défaut on connoît un voleur,
» Dit Florimon. L'apostrophe est aimable !
» Mais, si Madame ici perdit son cœur,
» De ce larcin je ne suis pas coupable.
» Le repentir trahit le ravisseur.
» Si la nuit fut au crime favorable,
» Le jour a bien converti le pécheur. »
Un bruit affreux interrompt le diseur;
Et, du courroux la réponse pressée,
Se change alors en un cri de frayeur.

La grande roue, en deux endroits cassée,
S'écrase et tombe, en éclats dispersée.
Le char roulant, privé de ce support,
Sur le moyeu se traîne avec effort.
Du conducteur, qui manque d'équilibre,
Dans son panier le sommeil est moins libre ;
Et cependant il ronfle en temps égaux.
Le postillon sent que la marche est lente,
Mais de retard accuse ses chevaux,
Et de son fouet il lance les carreaux.
Dans le char seul a régné l'épouvante.
On frappe, on crie, et la belle servante,
En rompant un songe assez flatteur,
Ouvre les yeux, et, de sa main charmante,
Chatouille au front le galant conducteur.
Ce que n'ont pu la chute et son vacarme,
Les cris affreux de la commune alarme,
Un tact léger l'opère en un moment.
Monsieur Jourdain s'éveille, et, prudemment,
Fait faire halte, effrayé du tapage.
Le postillon suit un ordre si sage ;
Et, l'étonnant par sa docilité,
Le char traînant soudain s'est arrêté.
De son effroi le voyageur respire.

Le conducteur arrive à son secours,
Et ne sauroit se défendre de rire.
Ah ! dieu malin , ce sont là de tes tours.
  Du premier choc l'élastique secousse,
Beau Florimon , a lancé dans tes bras
Notre comtesse , avec tous ses appas.
De la fortune intention bien douce !
Elle voulut finir le différend ,
En te poussant ce terrible argument.
Le même coup , aux genoux de Constance ,
Avoit jeté notre officier charmant.
Il y restoit , mais si complaisamment ,
Que Florimon , perdant la patience ,
L'eût relevé , peut-être rudement ,
Si le rempart qu'opposoit la comtesse ,
N'avoit rendu son vouloir impuissant.
Chloris étoit aussi dans la détresse :
On ne voit point , sans un peu de frayeur ,
Son amoureux à semblable hauteur.
Mais , pour Constance , elle a ri de l'hommage ,
Ne songeant pas qu'il donnoit de l'ombrage.
Un tendre amant eût voulu du courroux ;
Et Florimon , dans un accès de rage ,
Qui n'est connu que des cœurs bien jaloux ,

Mouvement prompt , qui double le courage ,
Saisit la vieille , et , d'un seul coup de main ,
De son rival lui fait un strapontin.
L'épais volume a courbé le pupitre ;
Et des jupons les énormes feuillets ,
De l'Adonis ont voilé les attraits :
Pour Florimon tranquillisant chapitre.
  Ce fut alors que du gros conducteur
Le bras puissant vint ouvrir la portière.
Déjà la vieille en gravit la hauteur ,
Et rend au jour la tête prisonnière ,
Dont la détresse et la juste fureur
Avoient un peu rehaussé la couleur.
« Vous payerez , Florimon, cette injure ,
» Dit l'officier, libre enfin de ses lacs.
» L'autre répond : de plaisirs j'étois las.
» Trop de faveurs rendent l'amant parjure.
» Pardonnez donc. Jugez du triste cas :
» Heureux ami , vous étiez à la gêne
» Bien moins que moi ; vous ne la voyiez pas. »
Un bon soufflet, donné par Dorimène ,
Vint écarter tout projet de combats.
On se pardonne, en riant aux éclats ;
Et Florimon garde la triste aubaine.

Sexe charmant, à ton bras trop léger
L'homme sourit ; il redoute ta haine
Plus que le trait qui sert à te venger.
    Il faut qu'enfin le coche se répare.
Le conducteur, homme à prudence rare,
A décidé que, dans un cas pareil,
Un maréchal doit entrer au conseil ;
Et, dépêchant vers le prochain village,
Le postillon, rapide ambassadeur,
Il reste là, dans le calme du sage.
Son envoyé détache le porteur ;
Mais le coursier, fidèle à l'attelage,
Malgré le fouet, rentroit à reculons,
Quand de l'acier l'énergique langage
Sut mettre fin à des refus si longs.
Sautant de peur, il retombe de rage ;
Sans avancer, il galope par bonds,
Et de la croupe il forme des festons.
Tous ces retards, l'élan, la reculade,
Sont, à mon sens, un vrai train d'ambassade.
Espérons tout du vaillant député.
Par nos amants Jourdain est consulté :
On veut savoir combien cette aventure
Peut, en son cours, retarder la voiture,

Et le docteur répond : un demi-jour.
On est charmé de la déconfiture :
Perte de temps est tout gain pour l'Amour.
  Déjà revient le coursier, qui galope,
Le dos chargé du guide et du Cyclope.
Il faut savoir que , chez le maréchal,
Plus d'une roue avoit les invalides ;
Et que cet homme, en son art sans égal ,
Des bras rompus fait des membres solides.
Non loin suivoit un char officieux , ,
Les flancs chargés d'orbes auxiliaires,
De vétérans , usés dans les ornières.
On les descend. D'essais infructueux
Le forgeron fatigant les moyeux,
Des spectateurs lasse la patience.
Chacun déjà blâmoit l'expérience;
Mais une roue, alors qu'on discouroit,
S'accorde juste , et l'essieu disparoît.
De son écrou bientôt elle est coiffée ,
Et des frondeurs la voix est étouffée.
  Allons, partez. Mais , quoi ! des voyageurs ,
Dans ce désordre, on a perdu la trace :
Lassés d'attendre , ils ont quitté la place,
Et, loin de là, d'humbles cultivateurs

Ont , sous leur toit , reçu l'aimable troupe ,
D'un lait bien pur ont comblé mainte coupe ,
Et fait, pour eux, pétiller le sarment.
Constance étoit aux plus hauts cieux ravie.
Comme une dame, et nommée, et servie ,
Son cœur donnoit, en cet heureux moment,
A cette erreur tout son consentement.
Qu'on est facile alors qu'on est heureuse !
D'un pain grossier la pâte est savoureuse ,
La jatte épaisse est un vase plus frais ,
Et du banc même on sent mollir les ais.
C'est assez dire à quel point Dorimène ,
Dans ce taudis , se trouvoit à la gêne.
Point de fauteuils , d'incommodes tréteaux
Aux deux genoux qui disputent la place,
Odeur d'étable , un vent coulis qui glace ,
Et, pour valets , de maladroits rustauds !
Combien de fois sa levre dédaigneuse
S'est retroussée, en ses replis hautains !
Combien de fois elle écarte ses mains
Du dur tissu de nappe pauvreteuse !
Ah ! de Mondor un seul mot, un souris
Auroient changé la bauge en beaux lambris :
Mais cet ingrat, œil distrait, bouche close,

Ne songeoit guère à la métamorphose.
Oh ! laissons-les , revenons à Chloris.
Son beau dragon enchantoit la cabane.
Elle , à son tour , charmoit la paysanne
Par ses propos et son touchant regard.
A sa misère elle prend tendre part.
De cinq marmots la revue est passée.
Constance approche , et trouve leurs minois
Tous si jolis qu'elle hésite en son choix.
Que de faveurs ! De sa joie oppressée ,
La bonne mère , en sa chaste pensée ,
Leur en souhaite autant après neuf mois.
A ce beau vœu , l'on rit , la vieille éclate ;
Et , de l'espoir d'un scandaleux malheur ,
Elle sentit alléger sa douleur.

Pour notre belle , à la cornette plate ,
Elle n'a point pris part à ces bons mots :
Ses deux voisins sont devenus rivaux ,
Et , près du char , Fanchon est demeurée.
Sur les soupçons son âme timorée ,
Craint de donner à son cher conducteur ,
Par son absence , un instant de frayeur.
Que le marchand n'aura pas lâché prise ,
S'entend assez , amis , sans qu'on le dise.

Ils soufflent donc, occupés de leurs droits,
A qui mieux mieux, au bel air, dans leurs doigts.
  Mais cependant un rustre, qui s'avance,
De nos absents a donné connoissance.
On le dépêche; et nos gens, demandés,
Les adieux faits et les comptes soldés,
Vont, tout joyeux, rejoindre la voiture,
Et puis courir à nouvelle aventure.
Amants chéris, là, vous êtes chez vous.
Les pieds jaseurs, les éloquents genoux
Ont respiré d'une trop longue gêne.
On est heureux; mais, au cabriolet,
Tous les malheurs, tous les crimes d'Hélène
Seront, hélas! de mes chants le sujet.
Là, deux héros vont, portant même chaîne,
Nourrir l'Amour des poisons de la haine.
Notre marchand, le superbe Grichois,
De ses deux flancs n'a laissé que le choix.
Déjà, serrant à droite sa maîtresse,
Du genou gauche il va mettre à la presse
L'affreux rival qu'il brûle d'écraser;
Mais mons Jourdain ne veut s'y remiser.
Il se défend; il cité l'ordonnance
Qui, dans le centre, a mis la surveillance;

De maints jurons il orne ses débats ;
Il dit cent fois qu'on ne partira pas ;
Et, préludant à quelque violence ,
Il provoquoit son rival aux combats ;
Quand , se glissant au milieu de l'arène ,
De tant de cœurs Fanchon la souveraine ,
A ses amants partagea ses états.
Là , de tous points , notre belle , pressée ,
Eut pour la paix une heureuse pensée :
Elle divise en deux son amitié ;
Ainsi chacun eut sa tendre moitié.
C'est dans ce sens , selon moi , qu'en son âme ,
L'époux devroit nommer ainsi sa dame ;
Mais les maris l'entendent autrement :
Salut , honneur à la crédule gent !
Sans grands malheurs coula la matinée.
Déjà tous deux ont obtenu leur part
De biens charmants , donnés avec tant d'art,
Que seule on croit sa flamme couronnée.
Brûlant d'amour , on attend la dînée ,
Et la faveur d'un mot dit à l'écart.
Jamais Jourdain , qui se le croit propice ,
N'a des valets mieux hâté le service.
Le char voloit au milieu des dangers ;

Et les chevaux, à l'amour étrangers,
Pour le servir étoient mis au supplice.
Ils ont tant fait qu'on a touché le port.
Déjà l'hôtesse arrive à la portière.
Déjà Fanchon, en sautant la première,
A maintenu l'égalité du sort.
Alors on ouvre, et Dormilly s'élance.
Complaisamment s'appuyant sur son bras,
Chloris le suit ; et de quelques appas
Adroitement lui fait la confidence.
Jambe mignonne étourdiment s'avance ;
C'est un éclair. qui brille et disparoît ;
Mais le fripon reste dans le secret,
Et sent encor redoubler son ivresse.
Florimon fait descendre sa maîtresse,
Vierge timide, et qui, dans sa candeur,
Couvroit au loin, de sa longue tunique,
Du marchepied le gradin élastique.
Ah ! la vertu souvent a du malheur.
En s'inclinant dans ce dessein pudique,
Elle a trahi de bien plus grands trésors ;
Et notre prude a, malgré ses efforts,
De Florimon accru la frénésie.
Mondor, qui voit des preux la courtoisie,

Auroit-il pu refuser son secours
Aux pas tardifs de ses vieilles amours?
Il tend son bras, détournant la visière.
Vous eussiez cru voir ce poing détaché,
Qui, paroissant de son corps arraché,
Est le support de mainte enseigne à bière.
Pour s'en servir Dorimène est trop fière;
Elle dédaigne un volage berger,
Et disparoit comme un songe léger.
Déjà la troupe, autour du feu rangée,
Se délectoit à sa douce chaleur,
Et le Mondor, sur sa manche alongée,
D'un noble poids espère encor l'honneur.
Enfin, lassé d'une inutile attente,
Il se retourne et connoît son erreur :
Il en rougit. Dorimène est contente.

Et cependant une accorte servante
Disposoit tout sur un linge éclatant,
D'argent, d'acier couvert dans un instant.
Le beau cristal, la carafe limpide,
Le pain tout frais, le beurre ragoûtant
Flattent les yeux, rendent la levre humide.
Bientôt s'y joint bouilli tremblant, ragoût,
Pâté, poulets dont la sauce est piquante,

Et la soupière à la bouche fumante :
Beaux résultats et de l'art et du goût !
  Mondor , assis , s'étalant au haut bout ,
Semble inviter des amis à sa table.
Ces gens errants, commis, entrepreneurs ,
Du cabaret font toujours les honneurs.
Le croire à soi semble très-pardonnable
A qui , changeant chaque jour d'horizon,
Pour son manoir n'a point d'autre maison.
  Le dos au feu s'établit la comtesse.
A ses côtés chaque couple se presse ;
Et , vis-à-vis , s'est mise la Fanchon.
A droite , à gauche elle a son acolyte.
C'est Aricie entre deux Hippolyte :
La dame grecque eut un moins beau destin.
  Si je voulois, sous la figure humaine ,
Donner un corps à l'insolent dédain,
Je choisirois les traits de Dorimène.
Du bout des doigts, le déployant à peine,
Elle a couvert son genou suranné
Du linge blanc qui lui fut destiné.
Elle a terni de son humide haleine
Ce beau cristal, qui naguère étoit pur,
Et qui, pressé vingt fois sous sa percale,

Tentera moins en son éclat futur.

Malgré celui d'un blanc chargé d'azur,

La porcelaine à ses yeux paroît sale;

Et le valet en a changé dix fois ,

Avant d'avoir fait approuver son choix.

Dans un pain frais la fourchette est plongée,

Et de la mie, en navette alongée,

On a fourbi le reste du couvert.

Mais cependant le potage est offert,

Et l'écuyer, la servant la première ,

En fait hommage à la comtesse altière.

Soins superflus! on détourne le nez,

Et ces tributs aux gens sont redonnés.

Lors, à sa voix, l'hôtesse doit paroître ;

Et puis entendre , et ce d'un ton de maître,

Nommer vingt fois gargote sa maison,

Et tous ses mets un dégoûtant poison.

A ces assauts la bonne accoutumée ,

Laissa , sans bruit, ternir sa renommée.

Pendant ce temps chacun se délectoit.

Le vermicel à l'envi se vantoit;

Et, pour le chef la servante étoit fière,

De maint retour à la grande soupière.

La vieille prend un morceau bien épais

Du large bœuf que Mondor lui présente.
« De tout leur art, dit cette impertinente,
» Ces gens n'ont pu rendre ceci mauvais. »
Par-tout ailleurs on dévoroit les mets,
Sans oublier le mot à la voisine;
Et les beaux dits, et l'allusion fine
Venoient charmer et l'esprit et le cœur.
« Hélas! grand dieu! quelle est cette liqueur?
Dit la comtesse, en écartant son verre.
« On a donné, Messieurs, en notre honneur,
» Vinaigre pur pour le vin d'ordinaire;
» Mais, en ce genre, il n'est rien de meilleur. »
La fille, qui sentit cette bourrade,
Se défendit d'une pareille erreur.
    Esprit chagrin rend le palais malade.
Mondor, Jourdain, Grichois son camarade,
Tous fins gourmets, trouvoient ce jus divin,
Et réparoient l'outrage fait au vin.
Pour le goûter Fanchon est haranguée,
Et de leurs soins tendrement fatiguée;
Mais, comment faire à deux amants raison,
Et conserver le sens à la maison?
Ou bien d'un seul auroit-elle osé prendre
Le verre offert, et, par ce choix, répandre

Ici la joie, et là grand déplaisir ?
Elle aima mieux s'en passer que choisir ;
Et but de l'eau, comme mainte coquette,
Qu'on voit jeûner à table bien complète.

Notre grand-maître avoit par-tout les yeux,
Et de la tourte, un mets délicieux,
Il remplissoit chaque assiette déserte.
A Dorimène elle est de même offerte,
Mais la princesse y démêle l'odeur
Du chou gâté dont fut, dans la barrique,
Nourri, dit-elle, un lapin domestique,
Et le dégoût a soulevé son cœur.
Le mal n'a point gagné cette assemblée,
Et la place est bientôt démantelée.

Hâtez-vous donc, Messieurs, et par pitié !
De ce festin j'attends l'autre moitié.
Je vois languir notre aimable comtesse.
Mais on dessert. Pour sa délicatesse
Je sens l'espoir d'un heureux avenir.
Catau s'agite, on court, on va servir.
Sur un grand plat, large veau de rivière
Vient, en fumant, remplacer la soupière,
Et de la nappe égale la blancheur.
Le doux parfum de l'oranger en fleur

D'un lait bien pris s'exhaloit à la ronde.
Une gelée, et claire, et rubiconde,
En se couchant sur de légers feuillets,
Les affaissoit sous un lit trop épais.
Bien saturé de sucre et de cannelle,
Le doux légume, à fraîcheur éternelle,
Tenoit son coin, de ses croûtes orné :
Et des chicons la riante verdure,
Et du chou-fleur l'élégante coiffure,
Les premiers dons du printemps nouveau-né,
De l'entremets achevoient la parure.
    En vous faisant ce tableau, cher lecteur,
Je me sentois atteint de gourmandise.
Au cuisinier ce mouvement flatteur,
Contre la vieille a triplé mon humeur.
Elle goûtoit, et chaque friandise
De ses arrêts subissoit la rigueur.
La crème n'est qu'une épaisse bouillie.
L'hôtesse a craint d'étouffer ses enfants,
Mais la veut bien risquer sur les passants.
Bientôt la tourte est de même assaillie.
La pâte est lourde, et le beurre a vécu
Trop pour sa gloire. Enfin il est vaincu
Ce goût sévère, et la fraîche groseille

A de son choix la faveur sans pareille.
On la détache, on en rougit son pain ;
Son premier lit se jette au bon carlin.
Il n'aura point d'autre lot à prétendre.
Tournant, quêtant, il se lasse d'attendre,
Il presse, il crie, il interrompt la paix,
Priant chacun de trouver tout mauvais ;
Mais sa maîtresse, et la belle Constance,
Et Fanchon même ont moins de complaisance,
Et, sur ce point, en croyent leur palais.
Fanchon pourtant, sans trop de préjudice,
Eut pu lui faire un léger sacrifice.
Tous les tributs, qu'on pouvoit rassembler,
Sur son autel venoient s'amonceler ;
Mais, souriant aux pieuses demandes,
Le Dieu lui-même avaloit les offrandes.

De tant de biens l'estomac fatigué,
Ne s'ouvre plus qu'aux douces bagatelles,
Des gens friands délices éternelles,
Trésor du goût par l'hôte prodigué ;
Et le dessert sembloit de la comtesse
Devoir enfin appaiser la rigueur ;
Mais son dédain redoubla de vigueur.
Tous ces objets, que l'on vantoit sans cesse,

Sont les rebuts d'un obscur confiseur,
Associé des gluantes abeilles.
Pour cette ingrate, ah ! faites des merveilles,
Pauvre hôtelière, et recevez ce prix !
    Ami lecteur, ne soyez point surpris
Si du café la poudre précieuse
Suit en tous lieux notre capricieuse ;
Si, ne pouvant confier ses esprits
A l'art grossier de bourgeois mal appris,
De l'apprêter on la voit occupée.
Pour la servir l'auberge est attroupée :
Tout est en l'air, et cornette et chapeau.
La braise vit, d'un long souffle frappée.
L'un donne au vase un lustre tout nouveau,
L'autre au vivier, bien loin, va puiser l'eau.
Pendant qu'ainsi pour la vieille on s'agite,
Que chaque objet elle prend et visite,
Les voyageurs, tout aussi bons gourmets,
De leur café paroissent satisfaits.
    Mais cependant, suivi de la donzelle,
Et du marchand son compagnon fidèle,
Le conducteur va presser le départ ;
Et des écus l'hôtesse prend sa part.
On est content. On compte, on paye, on change.

A son argent chacun joint la louange,
Et la maîtresse a, pour ses grands travaux,
Profit et gloire en degrés bien égaux.
Tout alloit bien, lorsque, sur ce salaire,
On vint tomber en perfide corsaire.
« Combien faut-il payer de mauvais pain ?
Dit la comtesse, en détournant la tête.
« — Pour vous servir ma cuisine étoit prête,
» Répond l'hôtesse, et l'on marchande en vain.
» Qu'on mange peu, qu'on dévaste la table,
» On ne me voit grondeuse ni traitable.
» — Oui, quand la faim a fui le voyageur,
» Il doit encor payer votre labeur ;
» Mais lui faut-il, alors qu'on l'empoisonne,
» Par des tributs racheter sa personne ? »
Ah ! c'en est trop ! A ces mots, la douceur
Fuit ; et, semblable à la vague fougueuse,
Brise la digue. A l'hôtesse, en fureur,
Rien n'est sacré. Dans sa colère affreuse,
Elle a les poings sur l'un et l'autre flanc.
L'âge s'oublie. On insulte le rang.
La dame en vain, par sa réponse fière,
Vouloit forcer l'insolente à se taire,
Quand son café, jaillissant sur les bords,

Sembla tenter , en sautant au visage ,
Pour la venger de généreux efforts ;
Mais, succombant au milieu du voyage ,
Sur le charbon s'en vint fumer de rage.

Lorsque jadis on changeoit en rocher,
Par la vertu de baguette divine ,
Pour les effets , la céleste badine
De ce Moka ne pouvoit approcher.
Il a rendu Dorimène immobile.
Son œil est fixe , et sa langue est tranquille.
Son front baissé se couvre de pâleur ,
Et tout son sang se fige dans son cœur.
Chacun sourit : amis , gare à la bile !

La veuve seule a senti son malheur ;
Mais je croirois qu'un bon grain de malice,
Secrètement , dans la pitié se glisse :
A la servir je lui vois trop d'ardeur.
Déjà le vase est plein d'une eau nouvelle ;
Déjà le feu vient flamber autour d'elle.
Chloris hâtoit ce degré de chaleur ,
Du grain chéri propice à la poussière.
Enfin la dose y descend tout entière ,
Et , bien à temps.... paroît le conducteur.
Il va partir. Au char il faut se rendre.

La vieille, en vain, veut ordonner d'attendre,
Chloris s'échappe ; et, gagnant les devants,
Montre le but de ses soins obligeants.
De son amant elle est bientôt suivie.
Suit Florimon avec sa tendre amie ;
Et l'on devine, et sans être sorcier,
Que le Mondor ne se fit pas prier.
Il fallut donc, en mouillant sa paupière,
D'un tendre adieu baigner la cafetière,
Et regagner ce char malencontreux,
Où l'on passa des moments si fâcheux.
Mais j'ai promis au lecteur, à ma lyre
Le doux repos où chacun d'eux aspire.

FIN DU SECOND CHANT.

LA DILIGENCE,
CHANT TROISIÈME.

ARGUMENT.

Projets d'un roi pour rendre son peuple heureux. Différents effets de la digestion. Mondor, qui s'étoit endormi, se réveille. Il propose de jouer au pied-debœuf. On joue aussi dans le cabriolet. La nuit vient. On enraye au haut d'une montagne. Jourdain, descendu pour cette opération, surprend à son retour Grichois et Fanchon s'embrassant. Combat terrible. Jourdain, vainqueur, place Fanchon dans un des coins du cabriolet, et la sépare ainsi de son amant. Les deux jolis couples qui sont dans le carrosse, font un concert de voix délicieux. Le postillon lui-même s'oublie en les écoutant, et laisse tomber la roue dans un trou. On est embourbé et obligé de descendre, malgré la pluie. On va chercher des chevaux à une ferme voisine. Les voyageurs montent, en attendant leur arrivée, et culbutent dans la voiture penchée. On repart. On arrive à la couchée. On prend les sacs de nuit. Vol fait par Florimon. On soupe. Sage précaution des jeunes dames. Distribution des chambres. La servante est querellée par Dorimène. Transports de Florimon, en baisant la pantoufle prise dans le sac de Constance. Tapage de la servante à sa porte. Horreur et fureur de Florimon.

LA DILIGENCE.

CHANT TROISIÈME.

Messieurs, je règne. En mon aimable empire,
De par le Roi, nul sujet ne soupire.
L'amour n'est plus une source de pleurs;
Le temps, en vain, efface nos couleurs;
Et des ennuis, qui la troublent sans cesse,
Jusqu'au tombeau s'affranchit la vieillesse.
Donnez, lecteur, à ces graves projets,
En votre esprit un favorable accès.

Dans leurs contours de puissantes murailles,
En dix comtés, partagent mes états;
Et les mousquets de mes braves soldats
Vont, menaçant d'horribles funérailles,
Tout imprudent qui, rebelle à mes lois,
De ses foyers voudroit faire le choix.
De mes tribus, où classent les années,
Un lustre entier forme les sections;
Et mes sujets, suivant leurs destinées,

Font dix états de leurs dix légions.
Je réunis dans la plus vaste enceinte
Cette jeunesse, en sa première fleur,
Qui, le printemps sur le front, dans le cœur,
Des passions n'a point senti l'atteinte.
Quinze ans, au plus, compte le gouverneur.
Les citoyens, tous parés du même âge,
N'ont, sous les yeux du grave personnage,
A redouter l'ennui, ni la rigueur.
En sautillant, on conduit la charrue.
Chantant gaîment, l'intrépide maçon
Sur l'établi se suspend dans la nue.
Chantant aussi, descendent vers Pluton
Les noirs mineurs, en fuyant la lumière.
S'ils sont joyeux en leurs tristes états,
Le rire est-il banni chez la laitière,
Le rire est-il étranger aux soldats ?
Là, tout bondit d'une commune ivresse,
Et l'air frémit, trop chargé d'allégresse.
Point de palais chez ces francs étourdis,
Point d'arcs pompeux dont la cité s'honore;
Mais des salons, en cercles arrondis,
Temples légers, voués à Terpsichore,
Offrent par-tout leurs célestes parvis.

De fleurs, de jeux ces enfants sont nourris.
Voyez au loin ces vastes champs de roses !
La moisson vient dès qu'elles sont écloses.
Que leur faut-il? Des fruits, et, pour liqueurs,
Du lait, du miel, aussi doux que leurs cœurs.
Des vils excès leur raison délivrée
Par l'amour seul est souvent enivrée.
Jamais d'ennuis, et jamais de rivaux.
D'objets charmants si grande est l'abondance,
Qu'aux nœuds brisés succèdent de plus doux.
Là, Thémis seule connaît l'indigence.
Des avocats la perfide éloquence
Reste muette en ce séjour de paix.
Et quel démon soufflerait les procès?
Les ris sont tout, le seul bien est la danse,
Et le crime est de perdre la cadence.

    Lorsque le temps, pressé par les désirs,
Prend pour voler les ailes des Plaisirs,
Bientôt d'un lustre il a franchi l'espace.
Cinq ans déjà, dans ce charmant séjour,
On a vécu : les cinq ans sont un jour.
Cédez, amis, aux plus jeunes la place.
Un noir duvet ombrage vos mentons,
Et d'autres jeux attendent les barbons.

Au jour marqué, rendue à la barrière,
Emigre en paix la colonie entière.
Point de chagrins. Ces flexibles cerveaux,
Ivres déjà de leurs désirs nouveaux,
Ont tous laissé les regrets à la porte.
Au même instant, et sous pareille escorte,
Des autres murs sont sortis à la fois
Neuf bataillons de fortunés bourgeois;
Tous devant eux chassant un autre lustre.
L'ordre est par-tout. Le citoyen illustre,
Le laboureur, l'artiste, l'artisan
Trouvent leurs noms au front de leur demeure.
Tout est pompeux chez le fier partisan.
La propreté, parure la meilleure,
Orne le toit du simple paysan.
Là, des coursiers naît la race embellie.
Les cors, le cerf, la meute et les forêts,
Les chars brillants, le masque de Thalie,
De l'opéra les magiques palais,
Et Melpomène, adorable furie,
Vont leur offrir des plaisirs inconnus.
De nouveaux goûts bientôt seront venus :
Sur les coteaux la vigne est cultivée,
Et de Moka la fève est arrivée.

Un lustre encore et les jeux de hasard
Vont fourmiller dans la nouvelle enceinte.
Dez, biribi, roulette et carte peinte,
Feront coucher tous mes gens un peu tard.

En d'autres murs une cour magnifique,
Les dignités, les honneurs, de grands noms :
On lutte, on court s'arracher des cordons.
Cinq ans après, ma sage politique
Eveillera nouvelles passions.
Or, diamants, fastueuses richesses,
Palais pompeux, magnifiques châteaux
Leur donneront des plaisirs tout nouveaux.

A la fin, las des humaines foiblesses,
Je les conduis en un séjour de paix,
Où l'Oratoire est le premier palais,
Où l'on ne voit que de noires jaquettes ;
Et, pour charmer jusqu'au bout mes sujets,
Dans le comté, tout brillant de lunettes,
J'imprimerai les premières gazettes.

Il est encore un comté pour les soins,
Qu'aux premiers jours de notre décadence,
L'homme prodigue à sa frêle existence,
Et met au rang de ses premiers besoins.
Là, de docteurs c'est une kyrielle.

Des Clistorels la liste est éternelle.

Les eaux, les bains, les douches, les calmants

S'offrent par-tout à la troupe inquiète.

Un fleuve entier se prend en lavements ;

Et le plus grand des grands événements

C'est du séné la récolte parfaite.

Vie agitée, où de petits tourments

Font toujours place à d'assez doux moments.

Dans ce breuvage, objet de répugnance,

Tous les matins avalant l'espérance,

On voit déjà son heureux avenir ;

Et, tout joyeux de l'utile souffrance,

Par la colique on se sent rajeunir.

Cinq ans d'essais, et l'illusion cède ;

Mais à regret on quitte le remède.

Ainsi chaque âge a de nouveaux plaisirs,

Un jour n'a point usé tous les désirs ;

Et l'homme, heureux, va fournir sa carrière,

Sans que l'ennui fatigue sa paupière.

Il est, il est des chagrins plus cuisants,

Qu'à ses vieux jours eut réservé le temps,

Et qu'il ignore en mon aimable empire.

Il ne voit point cet impudent sourire,

Dont la jeunesse insulte à nos débris.

D'aucuns défauts les yeux ne sont surpris.
Là, chaque cercle en pituite abonde.
On tousse en chœur, on se mouche à la ronde.
Tous les habits, dans leurs vastes contours,
Renferment plus de rhumes que d'Amours.
Sous le menton se joint la collerette,
Dans les salons se garde la douillette.
On ne voit point, sous un ciel plus que frais,
De sein caduc exhumer ses attraits.
L'amant glacé ferme sa redingote,
Près de l'objet qui tendrement grelotte;
Et, dans la ville, en ses plus grands excès,
Le carnaval se borne à des piquets.
Ainsi des ans les rapines cruelles
N'ont point ici de témoins infidèles.
Par-tout le temps a promené sa faux;
Par-tout on voit de semblables défauts;
Et, si la bouche a fait perte incommode,
On est, sans dents, joyeux d'être à la mode.
　Est-il besoin de dire à mon lecteur,
Qu'en un dépôt la jeunesse amenée,
Est, vers dix ans, aux talents destinée;
Et, sous les yeux de maint instituteur,
Sème des grains de fortune ou d'honneur?

Tout est prévu. La réussite est pleine.
  Mais revenons enfin à Dorimène.
Pour elle ému d'une tendre pitié,
Je fis hier cette belle ordonnance.
Charmant objet de tant de complaisance,
Oui, loin de vous, on ne vit qu'à moitié.
  On digéroit dans notre diligence,
Et l'estomac, en son brûlant labeur,
A tous nos gens partageoit sa chaleur.
Diversement élaborant le chyle,
Son alambic, en ses nombreux détours,
A nos amants secrètement distille
Des feux, un sang où nagent des Amours;
Au bon Mondor des esprits froids et lourds;
Pour Dorimène il change tout en bile.
Près d'un voisin, toujours plus odieux,
Notre vieille est en profonde retraite.
Mondor, ronflant, fait absence complète;
Et les amants, se dévorant des yeux,
Parlent bien bas, pour s'entendre encor mieux.
  Mais le sommeil a délaissé notre homme.
Pour échapper à l'ennui qui l'assomme,
Aux voyageurs il propose des jeux.
Sur son genou la main est appelée,

Et se choisit un étage flatteur.
En pyramide elle est amoncelée :
Flèche sensible, où tout est conducteur,
Et va porter la flamme jusqu'au cœur.
Huit fois la tour, dont s'agite la base,
Jusqu'au sommet lance ses fondements.
Bravant huit fois ces longs ébranlements,
Sur ses rochers se soutient le Caucase.
Enfin succède un perfide repos :
Calme trompeur, prélude de grands maux !
Tout va périr ! La neuvième secousse
Découvre aux yeux les fondements déserts,
Et les débris s'envolent dans les airs.
Moment affreux !... dont la 'fin est bien douce.
Un des-éclats, que la mine a vomi,
Devient vautour, et sa griffe alongée
Prend une main qui, fuyant à demi,
Sembloit attendre et chercher l'ennemi.
Lors, de tributs la captive chargée,
Pour un baiser, souvent est échangée ;
Et l'heureux sort du vaincu, du vainqueur,
De cette guerre atteste la douceur.
  Mais la fortune à tous jeux est traîtresse.
Lorsque Mondor, faucon de lourde espèce,

En s'abattant, dans son vol avoit pris,
Pour sa fauvette, ou Constance, ou Chloris,
Tournant le bec, et, l'aile bien serrée,
A contre-cœur on étoit dévorée.
A la comtesse, hélas! prise à regret,
On faisoit dire ou chanson ou bouquet,
Pour se sauver du baiser de la dame.
La vieille, alors, lançoit son épigramme,
Et puis rioit. Le succès de l'esprit
Console un peu des charmes qu'on perdit.
Pardon, lecteur! avec trop d'importance,
Je vous décris un jeu de notre enfance;
Mais je cherchois quelque tour un peu neuf:
Aurois-je osé nommer le pied-de-bœuf?
    On joue aussi chez la belle voisine.
De tous ces jeux Fanchon est l'inventeur.
Dans tous il faut qu'un aveugle devine;
Puis au devin advient certain malheur.
Mais, à son tour, l'autre prend la revanche;
Fanchon, à deux partageant sa faveur,
A ce jeu même est équitable et franche,
Et ses amants sont, à même hauteur,
Comme une troupe alignés dans son cœur.
Mais le soleil a fourni sa carrière.

Dans leurs élans , ses rapides chevaux
Ont emporté Phaéton dans les flots,
Et l'Océan engloutit la lumière.
Elle périt. Tout se couvre de deuil.
Hors les amants. Oui, quand le jour succombe,
Ces malheureux vont danser sur sa tombe!
   Ici l'on fait à la nuit bon accueil.
Loin de ses jeux la main est rappelée.
De deux en deux on quitte l'assemblée.
Le gros Mondor s'ennuie ; et, fermant l'œil ,
La vieille donne audience à l'orgueil.
   Sur le sommet d'une pente rapide
Le char pesant est enfin parvenu.
De son élan le danger est connu ,
Et là , toujours, vient s'arrêter le guide.
Sortez , allons, trop galant conducteur ;
Comme un des preux de cette Rome antique ,
Sacrifiez à la chose publique
Plaisir , amour , et repos , et bonheur.
Il obéit, en déchirant son cœur.
   Ainsi qu'on voit, près d'une femme altière,
L'époux sauver bien des moments fâcheux,
En se prêtant, adroitement, aux vœux,
Qu'aurait accrus sa résistance entière ;

7*

Oui, tout ainsi, par sa docilité,
Le lourd sabot, cette mobile ornière,
Suivant la roue avec fidélité,
Enlève au char toute rapidité.

Jourdain, pressé par son inquiétude,
En un clin-d'œil a rempli son devoir.
Comme un éclair, il rejoint son dortoir.
Où l'attendoit une épreuve bien rude.
Fanchon, Grichois ont changé d'attitude,
Et, nez à nez, se donnoient le bonsoir.
Que de malheurs il nous reste à prévoir !
Jourdain, terrible, écumant de colère,
De ses deux mains empoigne l'adversaire.
En vain Grichois, saisissant un appui,
A d'un rocher la masse inébranlable ;
Le conducteur, en Titan redoutable,
L'étreint, l'arrache, et s'écroule avec lui.
Tous deux d'abord ont mordu la poussière,
Tous deux, debout, ont baissé la visière,
Et, sur le front, les casquets enfoncés,
Des poings noueux les marteaux sont lancés.
On frappe, on pare, on atteint, on redouble.
Par la douleur le courage se double.
Déjà le sang jaillit de toutes parts.

Mais du combat Jourdain change l'espèce.
Le pugilat peut servir la foiblesse.
La noble lutte offre moins de hasards.
Saisissant donc l'instant avec justesse,
Il prend Grichois entre ses bras nerveux.
De ses serpents, en sa longue détresse,
Laocoon eût préféré les nœuds.
Grichois étouffe. Il recourt à l'adresse,
De son jarret le lie avec souplesse,
Et fait bientôt chanceler tout son corps.
Jourdain reprend l'aplomb, et ses efforts
Ont fait quitter le sol à l'adversaire.
Il veut d'un coup l'écraser sur la terre.
Grichois, des pieds, se forme des étais,
Et, redressé, retrouve des succès.
A droite, à gauche il se courbe, il le ploie.
De la victoire il pressentoit la joie,
Et s'enivroit de ses heureux essais ;
Lorsque Jourdain qui, de sa résistance,
Dans son grand cœur a ressenti l'offense,
Ruant sur lui tout son corps à la fois,
Sur le champ clos l'accable de son poids.
En vain, sous lui, le vaincu redoutable
Croit, à deux mains arrachant ses cheveux,

Par la douleur vaincre ce furieux;
Jourdain, souffrant, demeure inébranlable.
Dans ses accès son courage intraitable,
Est sans pitié, va lui donner la mort.
Déjà sa gorge a perdu tout ressort
Sous les étaux de la main qui la serre,
Déjà, pour lui, se troubloit la lumière,
Quand, halletant, il dit, avec effort :
« Que Fanchon.... soit.... à ta droite campée..... »
Puis, d'un soupir, la voix lui fut coupée.
Au centre ainsi se plaça le vainqueur,
A l'autre coin Grichois et sa douleur :
Brillant tableau, bon pour mon épopée !

Fanchon, témoin de ce combat fameux,
Sentit le prix d'un cœur qui se partage.
Si, pensoit-elle, égal est l'avantage,
J'aurai le bien d'avoir deux amoureux;
Si l'un succombe, un vainqueur en vaut deux !
Son cœur fut neutre ainsi dans la mêlée.
Du grand salon l'élégante assemblée
Ne savoit rien des terribles combats.
Les assaillants, en valeureux soldats,
N'ont point trahi, par de honteuses plaintes,
De la douleur les poignantes atteintes;

Et quelque soin , nécessaire au départ ,
Est par nos gens accusé du retard.
Du postillon la paix est aussi grande.
Souvent acteur en de pareils assauts ,
De la manœuvre il juge les défauts ;
Prévoit les coups que le péril commande ;
Dans son esprit applaudit , réprimande ,
Et prend ainsi leçon pour l'avenir.
D'un connoisseur tel est le doux plaisir ,
Lorsqu'aux échecs , observant deux athlètes ,
Il a de loin pressenti les défaites.
    Mais cependant les chevaux sont partis.
Sur leurs jarrets , en vain appesantis ,
Ce char tardif, qui les suivoit à peine ,
Trop prompt alors , les chasse et les entraîne.
Le guide adroit , par de savants détours ,
Suspend l'élan qu'il prenoit dans son cours.
Dans tous les sens il se tourne , il serpente ,
En petits monts divise la descente.
Le mouvement , dans sa marche égaré ,
Est à la fois rapide et modéré ,
Et , sans encombre , on va gagner la plaine.
Jourdain n'a point , vous le jugez sans peine ,
Le sot projet de quitter sa Fauchon ;

De tout vaincu la foi trop incertaine,
Fait un devoir de laisser garnison.
Le postillon descend et le remplace.
Le fer, levé, se renchaîne à sa place.
La roue échappe à la captivité,
Et s'abandonne à sa vélocité.
Hélas! moins vite un esprit se dégage
Des noirs soucis que fait naître un outrage.
Jourdain à peine avoit une ou deux fois
Daigné répondre à Fanchon, à Grichois,
Que la voiture étoit déjà lancée;
Et cependant, par un tendre abandon,
Par les soupirs de son âme oppressée,
La belle avoit demandé son pardon.
« On n'a point vu violence pareille.
» Je résistois, souffle-t-elle à l'oreille.
» Pouvez-vous donc, aussi vaillant qu'aimé,
» Rompre un lien que l'Amour a formé? »
Suit le serment, qu'en telle conjoncture,
Toujours on fait, et que, vous comme moi,
Avons tenu pour article de foi.
Déjà Fanchon comme une vierge est pure,
Et Grichois seul est digne de courroux.
Le malheureux alors sentoit les coups,

Que n'avoit point engourdis la victoire.
Comme souffroit sa tête , sa mâchoire ,
Son cou , ses flancs , tout pétris de douleur !
Combien , sur-tout , souffroit son pauvre cœur !
Console-toi , malheureuse victime ;
De ta Fanchon la morale sublime
Te vengera tôt ou tard du vainqueur.

   Mais quels accords répondent à ma lyre ?
Es plus doux chants le joyeux char soupire.
Quels sons flatteurs ! Des portiques divins
S'échappe-t-il un chœur de Séraphins ?
On croit ouïr une errante harmonie.
Des esprits purs , voltigeant dans les airs ,
Semblent au loin porter leur colonie ,
En exhalant de célestes concerts.
De la musique , oh ! prodiges divers.
Mondor n'a plus sa triste indifférence ;
Chez Dorimène expire la vengeance ;
Le postillon , oubliant à la fois
Le fouet sanglant et les brutales rênes ,
Sent , par degrés , au chant de ces Sirènes ,
Mollir la guide , échappant à ses doigts ;
Les deux rivaux , dans une tendre ivresse ,
Laissant dormir la haine vengeresse ,

N'éprouvent plus , en leurs cœurs satisfaits ,
Que le désir d'une éternelle paix.
C'est Florimon , c'est Chloris , c'est Constance,
C'est Dormilly , dont les gosiers charmants
Font autour d'eux tous ces enchantements.
Leurs âmes sont sous la même influence ,
Et , mariant leurs sons mélodieux ,
Semblent les suivre et s'unir dans les cieux.
    Tout succomboit , accablé de délices ,
Quand de grands cris , jetés par la frayeur ,
Vinrent changer cette extase en terreur.
Soudain, du char une roue enfoncée
De la culbute a donné la pensée ;
Et chacun sait à combien d'accidents
On est en proie en de pareils moments.
Ah ! respirez , voyageur trop timide ;
Votre palais n'est bien que trop solide.
Un noir bourbier, en son profond milieu ,
A , jusqu'à l'esse , englouti le moyeu ,
Et tient le char dans son piége perfide.
Des six chevaux la puissante vigueur ,
Du postillon l'énergique fureur ,
N'ont encor pu faire à la diligence
Rompre un moment sa fangeuse alliance.

A de grands maux il faut de grands moyens.
Les voyageurs sont sommés de descendre.
Plus de concerts ! De nos musiciens ,
Mis en plein vent , il n'en faut plus attendre.
Le ciel versoit sur tous les assistants ,
Sous le manteau de la nuit la plus noire,
Par les pertuis de sa vaste écumoire ,
Goutte par goutte , un millier de torrents.
On veut en vain , sous un toit de baleine ,
De quelques pieds éloigner ces fléaux ,
Par-tout le vent , de sa maligne haleine ,
Fait refluer ces importunes eaux.
Il faut souffrir ! s'il se peut que l'on souffre ,
Lorsque , pressé contre un objet chéri ,
De ce qu'on aime on reçoit un abri.
Mondor , encore ému par la musique ,
Se croit galant , et devient le support
Du parasol que , d'une main étique,
La vieille avoit ouvert avec effort.
Fanchon est seule , et bien triste est son sort.
Jourdain , chargé du soin de la voiture ,
Ne donne point à l'amoureux Grichois
De sa beauté la tendre investiture :
Elle est le prix de ses brillants exploits ,

Et doit rester pendue à sa ceinture ;
Mais du rival la douce créature,
Sans se trahir, en ses retours adroits,
Presse, en passant, la main du bout des doigts.
Ah ! laissons là ces gens et la tendresse ;
Songeons au puits qui n'est point enjambé :
Foin de l'amour quand on est embourbé !
De toutes parts on agit, on s'empresse ;
On met en jeu les plus puissants leviers.
La large pioche entr'ouvre les bourbiers ;
Et du long fouet la mordante ficelle,
Des pieds ferrés fait jaillir l'étincelle.
Mais tout est vain. Les chevaux, rebutés,
Font, sans accord, des efforts répétés ;
Et, comme un roc, notre char immobile
Rend tout essai désormais inutile.
Au cric lui-même en vain a-t-on recours ;
Il faut au loin emprunter des secours.
Le guide vole à la ferme prochaine.
Pour éviter l'intarissable cours
Des robinets de la haute fontaine,
Au char boiteux on demande un abri.
Combien nos gens dans ce désordre ont ri,
Tous mes lecteurs le devinent sans peine.

Le pied se lève et manque l'étrier
Du char rétif, qui vient de se cabrer.
Au fond du coche entrant comme une bombe,
Vers un seul coin l'un après l'autre on tombe.
Et, là, formant un trop sensible tas
De cœurs brûlants et de tendres appas,
Les petits cris d'une feinte détresse,
Et des galants l'adroite maladresse,
Tout fait attendre, assez patiemment,
Qu'on ait au char rendu le mouvement.
    Enfin chacun est assis à sa place,
Un peu de biais, et debout à demi,
Comme un prélat dans son stalle endormi.
    Du bruit des fouets mais résonne l'espace.
Le postillon a trouvé des amis.
Quatre chevaux sont à l'honneur admis
De ranimer la morte diligence.
Les embourbés, fiers de cette assistance,
Ont déployé leurs généreux efforts,
Et de l'enfer ont remonté les bords.
Allez, balourds, retournez à la ferme.
Dans le péril, chéris, fêtés, élus,
Après la crise on ne vous connoît plus.
    On est en marche, on approche du terme :

On va trouver enfin quelque repos.
Déjà l'on voit briller tous ces fanaux
Qui, s'alignant au milieu de la rue,
De phares sont une longue avenue,
Guides des ports où rentrent les badauds.
Le postillon, rasant de près la borne,
Est arrivé dans l'auberge au grand trot;
Et la servante apporte le falot,
Tout entouré de ses vitres de corne.
En un clin-d'œil chacun est descendu.
Le sac de nuit, requis, est attendu; -
Et vers Jourdain on a tête braquée,
Comme l'oiseau qui hâte la becquée.
Chaque galant se saisit du paquet
Où de sa dame est mouchoir et corset;
Cela s'entend, et sans que je le dise.
C'est pour l'amour si douce friandise
Que ce dépôt des apprêts du boudoir,
Ces confidents des toilettes du soir! -
Plein de désirs, chacun les questionne.
De vœux secrets on les charge. On leur donne
Mille baisers, mille feux à porter;
Cent mots bien doux la nuit à répéter:
On larde ainsi de sa galanterie,

Tout à travers, cette tapisserie.
On a pourtant déposé ce trésor ;
Mais à regret. On y retourne encor.
Feroit-on plus pour quitter sa maîtresse ?
Lise, témoin de leur folle tendresse,
Rioit sous cape, en baissant le menton,
Lorsqu'elle vit l'amoureux Florimon,
Qui, d'une main furtive, adroite et prompte,
Secrètement voloit soulier mignon.
Fait très-coupable, et bien digne de honte !
Je suis Normand, et, partant, dans mon sein,
Je dois porter la haine du larcin.

  Pendant qu'ainsi l'amour s'occupoit d'elles,
Près du foyer, se réchauffoient nos belles.
Le feu pompoit de leurs habits mouillés
Quelques vapeurs ; foible et sensible image,
De tout l'encens qu'on brûloit à leurs pieds.
  Mais cependant arrive le potage.
Les voyageurs lui portent leur hommage.
De la cuillère un fréquent carillon
Montre qu'il plaît à la bouche joyeuse ;
Mais rien ne peut tenter la dédaigneuse :
A Dorimène il ne faut qu'un bouillon.
Dieu soit béni ! nous sauvons les querelles.

8*

Plus fin encor que l'élégant dîner,
S'offroit aux yeux le plus friand souper.
Comment trouver des couleurs assez belles !....
    Mais le sommeil réclame tous mes soins.
La faim n'est plus le premier des besoins.
Allons, d'un saut, de la table aux ruelles,
Et, franc conteur, ne dissimulons rien.
Dans ce moment, de très-haute importance,
Des amoureux redoubloit l'éloquence.
On sollicite un secret entretien ;
Mais la vertu, des belles le soutien,
Vient appeler au secours la prudence.
L'amour encore est un doux passe-temps,
Sans violer les devoirs importants.
On se rapproche alors de Dorimène.
On sait qu'un lit dans son appartement,
Dans le besoin, feroit fuir un amant :
On le demande ; il s'accorde sans peine ;
Et les Amours sont remis à la chaîne.
    Non moins décente, alors notre Fanchon,
Que chaque amant à ses feux intéresse,
Aux sots propos répondoit par un *non* ;
Quand des logis vint s'informer l'hôtesse.
Les deux amis, Dormilly, Florimon,

Vont habiter une chambre commune ;
Mais, trop haineux pour en partager une,
Les fiers rivaux, mons Jourdain et Grichois,
D'un gîte à part également font choix.

 Allons, trottez, malheureuses servantes !
Portez draps blancs, bassinoires brûlantes ;
De Dorimène allumez le foyer,
Et sous ses lois apprenez à ployer.

 Elle a suivi la jeune chambrière,
Et fait du linge une revue entière.
Trois fois les draps se sont vus réformer.
Le matelas se compare à l'enclume.
Dans le coutil, où l'art sut l'enfermer,
On fait cent fois battre et gonfler la plume.
De tout l'hôtel arrivent les coussins.
La grande aiguière, et cuvette, et bassins,
Tout va subir une longue lessive ;
Et la servante, en prenant tant de soins,
Pour ses profits reçoit mainte invective.
Mais de Constance et de Chloris, du moins,
En commandant, la tant douce parole,
De ces hauteurs aisément la console ;
Et, sans murmure, elle fait son devoir.

 Elle est sortie ; et la chambre fermée,

A triple tour , eut contre le dortoir,
Contre Vénus et toute son armée ,
Soutenu siége et bravé mille assauts.
Peuplée ainsi de féminins héros ,
La garnison , par l'honneur animée ,
Ne se rend point..... avant d'être affamée.
    Dormez en paix ! vos tendres ennemis ,
Troublés , confus , de leur triste défaite ,
Avant le jour ne seront point remis.
Ils avoient cru la victoire complète.
Ils ont dormi sur de minces lauriers ,
Et le triomphe échappe à ces guerriers.
Chez Dormilly la douleur est plus grande.
N'ayant à faire à l'Amour nulle offrande ,
Il ne sauroit oublier son chagrin.
Si tout au moins , d'un aimable larcin
Il avoit pu nourrir son espérance !
Mais Florimon a seul , par sa prudence ,
Pourvu son camp d'un important butin.
Comme sa bouche , avide de pillage ,
Dans ce trésor plonge et se dédommage !
Où sont les points , par Constance foulés ,
Qu'il n'ait déjà de ses levres brûlés ?
« D'un pied mignon , oh ! forme enchanteresse ,

» N'en doutons point, dit-il, une déesse,
» Près d'un mortel surprise par le jour,
» Aura, sans toi, regagné son séjour. »
Il jouissoit ainsi de son ivresse,
Et Dormilly blâmoit sa maladresse.

  Mais de trois coups légèrement frappés,
Nos deux galants soudain sont occupés.
Quel doigt discret! chacun prête l'oreille.
« Quoi! l'on redouble. Ah! pour nous l'Amour veille.
» De la rigueur, à leurs cœurs détrompés,
» Il a montré la cruelle injustice.
» Ah! profitons de ce retour propice! »
On court, on vole, et la porte, à l'instant,
A ce message ouvre un large battant.
Qui donc frappoit? C'est la servante Lise.
Dix fois sonnée à triple carillon,
La malheureuse a remis son jupon.
« Je dois, Messieurs, pour la pantoufle prise,
» Dit la pauvrette, alarmer la maison,
» Au conducteur en demander raison,
» Et, s'il le faut, éveiller la police.
» Si je n'avois bien vu votre malice,
» J'étois, Messieurs, dans un grand embarras.
» Rendez-la donc. Mettez fin aux débats.

» Si ce bijou , de vos deux jeunes belles

» Etoit le bien , ah ! j'aurois moins d'effroi ;

» Mais cette vieille a des serres cruelles ;

» Sans la pantoufle , hélas ! c'est fait de moi !

» — Puisse Satan l'emporter avec toi ! »

Dit Florimon , vomissant ses délices ;

Et , furieux , il lance son trésor ,

Contre le mur , au fond du corridor.

Revolez Lise , et que les dieux propices ,

Chassant l'Amour , ennemi du repos ,

Versent sur eux d'assoupissants pavots.

FIN DU TROISIÈME CHANT.

LA DILIGENCE,

CHANT QUATRIÈME.

ARGUMENT.

Invention et privation de la lumière. Réveil dans l'auberge. Toilette. Réunion dans la salle. Singulière mascarade de Jourdain et de Grichois. Arrivée des chevaux. Départ. Joie des amants en se retrouvant. Rêve de Mondor. Rêve de Doriméne. Adresse de Fanchon pour maintenir l'équilibre. Retour du jour. Arrivée au relais. Les chevaux se font attendre. Mondor est furieux. Une jeune fille vient amuser les dames et leur faire oublier que le postillon est en retard. On part. Le postillon va le vent, accroche exprès un roulier, qui n'avoit pas voulu se ranger, et le culbute. On arrive en un clin-d'œil à la poste. On déjeûne. Mondor, qui est au billard, se fait attendre. Les amants conviennent de s'écrire. Fanchon donne son adresse à ses deux amants. On arrive à Paris. On est fouillé. On montre ses passeports. On entre à l'hôtel de la diligence. Mondor se querelle avec les commis. Constance envoie chercher un fiacre. Damis se trouve caché dedans. Il est témoin des tendres adieux. Il est au désespoir. Il s'agite. Chloris l'aperçoit. Elle écarte adroitement les galants. Damis, trompé, croit avoir mal vu et mal entendu. Les anciens feux renaissent.

LA DILIGENCE.

CHANT QUATRIÈME.

Ah ! gémissons sur l'humaine injustice,
Qui, célébrant de frivoles travaux,
Laissa couvrir de l'oubli des tombeaux
Le bienfaiteur, dont l'utile artifice
Orna la vie ou soulagea nos maux.
Qu'importe à l'homme, en effet, de connoître
Par quelles lois ces grands corps lumineux,
Honneur du ciel, chefs-d'œuvre du grand maître,
Se repoussant et s'attirant entre eux,
Portent ainsi, sans appui, dans l'espace
De leurs foyers l'épouvantable masse ?
Avant d'ouïr tes sublimes leçons,
Oh ! grand Newton, confident d'Uranie,
Et presque dieu par ton divin génie !
Voyoit-on moins de fertiles moissons ?
Le doux printemps tardoit-il davantage ?
Craignoit-on plus la grêle et son ravage ?
L'homme n'a rien gagné par ton labeur ;

Et , des grands noms mauvais dispensateur ,
Il te couvrit d'une gloire immortelle ,
Et ne dit point..... qui trouva la chandelle.
    Oh ! créateur , je rougis de ton sort.
Nous te devons la lumière seconde.
Sans toi la vie , en éclipses féconde ,
Partageroit nos jours avec la mort ;
Et sur ton nom plane la nuit profonde !
Que ne peut-il , cet auteur insulté ,
Dans les élans d'une juste colère ,
Nous retirer cette utile lumière ,
Nous rendre enfin la longue obscurité ,
Où le plongea notre ingrate injustice.
Que je voudrois ! dans les nuits du solstice ,
Quand le soleil , entré dans le Verseau ,
Semble du monde éclairer le tombeau ;
Lorsque Phébus , de ses rayons avare ,
Sous l'horizon seize heures descendu ,
A son lever , de son oblique phare ,
Verse un jour sombre et long-temps attendu ;
Que je voudrois ! dans les airs suspendu ,
Et , pour moi seul , conservant la lumière ,
Voir de Paris l'immense fourmilière ,
En tâtonnant , regagner ses foyers ,

Quand cinq fois l'heure, au gré des balanciers,
De ses marteaux secoueroit la poussière (1).
Combien alors tous nos voluptueux,
Pour qui la nuit, en déployant ses ailes,
Vient éveiller les heures les plus belles,
Regretteroient leurs plaisirs et leurs jeux,
Et crieroient : grace !... au père des chandelles.
   Ils n'auroient plus de nos réunions
Les soirs brillants, les élégantes foules :
La nuit venue, adieu les violons,
Tous les danseurs se couchant dès les poules.
Plus de quinquets, dont la vive clarté
Aux teints flétris redonnoit la beauté.
Ouvrages, jeux, et musique, et lecture,
Au jour tombant, tout seroit interdit ;
Et le Crésus, disciple d'Epicure,
Comme un manant iroit se mettre au lit ;
Enfin, frémis, lecteur, de ce programme,
L'époux seroit..... quinze heures près sa femme.
   Que de détours, en son noble transport,
A pris ma Muse, à coup sûr un peu grise,
Pour vous conter que, par l'heure surprise,

---

(1) Voir la Variante, après le quatrième chant.

Déjà Lison, en faisant grand effort,
De son grabat a sauté la première :
Hélas ! déjà renoncer au repos !
L'horloge à peine a, de deux coups égaux,
Interrompu le nocturne silence,
Qu'il faut sortir de ce paisible enclos
De murs légers, formés par les rideaux.
Morphée est loin d'avoir sa suffisance.
On ferme l'œil, on le rouvre, on balance ;
Mais de Jourdain redoutant un oubli,
De ses deux pieds on a touché la terre :
L'effort est fait, le devoir est rempli.
Le temps pressoit. La toilette est légère.
Pourtant on jette au miroir un coup-d'œil.
Aux deux beautés faisant un doux accueil,
A Dorimène il ne dit qu'une injure.
Fidèle écho, ses torts sont innocents ;
Il répétoit les injures du temps.
Chaque amoureux rajuste sa coiffure ;
Mais Florimon, plein de son aventure,
Craint l'épigramme et ses traits si piquants :
Plus de larcins ! il veut être un maroufle,
S'il vient jamais à dérober pantoufle.

Le corridor se remplit de partants,

Dont les saluts sont des propos galants.
Tous vers la salle en hâte s'acheminent.
Chacun en main tenoit son lumignon.
C'est de lutins une procession.
Les escaliers sous leurs pas s'illuminent ;
Puis la clarté va remplir le salon ,
Et ses foyers couvrent la table ronde ,
Alors on dit bonjour à tout le monde.
Mais quels éclats ! qu'est-il donc arrivé?
Sans nez , sans dents quelqu'un s'est-il levé?
Auroit-on pris son jupon pour cornette?
Non, mais Jourdain, mais le pauvre Grichois ,
Du nez au front, et large de deux doigts ,
Se sont ornés d'une bande bien nette
Du vermillon d'assez mince valeur ,
Que fournit l'ocre au savant barbouilleur.
De ce logis, lambris , fenêtres , portes ,
Depuis huit jours, d'une éclatante peau
Avoient acquis le lustre tout nouveau ;
Et , généreux, par doses assez fortes,
Du gros pinceau partageoient les bienfaits ,
A tout ce qui s'approchoit de trop près.
Or, nos amants, que suit la défiance,
Croyant qu'un tiers à leur fortune nuit ,

L'œil en arrêt, et l'esprit en démence,
Porte entr'ouverte, avoient passé la nuit;
Et, sur le bois s'appuyant en silence,
De leur Fanchon observé le réduit.
Chacun, surpris, rioit à toute outrance
De voir, au nez, ces terribles lions,
Marqués ainsi que de pauvres moutons.
De se blanchir il n'est point d'espérance.
Il faut garder, jusqu'aux nouvelles peaux,
L'œil enchâssé dans ces luisants barreaux.

Mais les coursiers déjà se font entendre.
Au char tout prêt il est temps de se rendre.
On monte, on part, il roule, on est bien loin.
De se revoir, eh! quel tendre besoin!
Comme on saisit cette main si charmante!
Chaque beauté, de soi-même contente,
Fière d'avoir, le soir, par sa rigueur,
Sauvé la vie à ce bourreau d'honneur,
Pour tous ces riens étoit fort indulgente.
De deux en deux on faisoit du bonheur;
Et de Grichois, même, la jalousie
Goûtoit aussi, du coin de son panier,
Tout le plaisir du chien du jardinier.

Oh! laissons là leur tendre frénésie!

Prêtons l'oreille à ce pauvre Mondor,
Que nos amants vont oublier encor.
D'un rêve il veut raconter les mensonges ;
Dieu nous en garde ! En des cerveaux grossiers ,
On n'en voit point voltiger de légers :
Comme l'esprit toujours pesent les songes.
Quelque vieux char, bien avant embourbé,
Peut-être un bœuf sur les genoux tombé ,
D'or ou d'argent la plus pesante tonne,
Sont les tableaux que le sommeil leur donne.
Charmants pour eux, et pour nous trop communs !
    D'abord, suivi de spectres importuns,
Il vit enfin , d'une innombrable noce
Tous les apprèts, les immenses présents,
Vingt cuisiniers, de zèle haletants;
Et la future, un aimable colosse ,
Arrondissant, dans un vaste carrosse,
Ses doux attraits, près d'un mille pesants.
On défiloit. Dans un chemin bien large ,
De spectateurs étoit un groupe épais;
Et l'on voyoit tous les yeux satisfaits.
Mais , ô malheur! sous la puissante charge,
Du char pompeux se divisent les ais ,
Et le plancher s'écroule sous le faix.

Puis , par l'immense et béante ouverture ,
De notre bru s'échappe la moitié.
Chacun frémit de la triste aventure ;
Mais , sans frayeur , elle suit sa voiture ,
Buste en carrosse , et tout le reste à pied.

Le conte est lourd , et j'ai su le prédire.
Dans mon esprit , depuis trente ans gravé ,
Il le savoit et ne l'a point rêvé ;
Mais tout badaud , qui prétend faire rire ,
Donne pour sien ce qu'un autre a trouvé.

« Et moi , j'ai vu , dit alors Dorimène ,
» Dans ces erreurs qu'un vain songe produit ,
» Quatre jumeaux , nés dans la même nuit.
» De ces bambins une salle étoit pleine.
» En un clin-d'œil ils sont devenus grands ,
» Grands , je le dis , comme leurs vieux parents.
» Ils ont parlé , tout comme eût fait leur mère ;
» Mais , à leurs jeux ces enfants tout entiers ,
» Se caressoient et ne se disoient guère
» Que quatre mots : tout leur dictionnaire.
» Ces faits déjà sont assez singuliers.
» Mais ce qui double encor ce grand mystère ,
» Une jumelle avoit , plus que son frère ,
» Dix ans au moins , sur son front bien comptés.

» Ils avoient tous quelques infirmités.
» De deux en deux, la maligne nature
» Les attacha par les extrémités ;
» Et de leurs mains la secrète soudure,
» A tous les yeux semble un nœud gordien.
» Mais aux parents répugne ce lien.
» On les conduit vers la célèbre école,
» Où maint Dubois (1) en ses doctes efforts,
» De ces hasards sait redresser les torts.
» Chacun discute. On perd mainte parole,
» Et les savants disent, avec douleur,
» Que ces liens, répondant à leur cœur,
» On ne pourroit, sans danger pour leur vie,
» Les délivrer de la membrane unie.
» Terrible arrêt ! Mais un plus grand docteur,
» Ayant d'amants bon nombre sur sa liste,
» En habit noir, au regard sombre et triste,
» La bouche large, et bâillant de cinq doigts,
» Vint leur tâter le pouls pendant un mois.
» Au bout du temps chaque main se desserre,
» Et chacun d'eux devient maître de lui :
» Or, ce docteur, Messieurs, c'étoit l'Ennui.

____

(1) Célèbre chirurgien de Paris.

Si Florimon avoit pu se distraire
De ses amours, Dorimène, à l'instant,
De son récit eût reçu le salaire,
Et des bons mots, tirés à bout portant;
Mais il trouva digne de sa justice,
Pour consoler ses stériles désirs,
De lui laisser exercer sa malice;
Plaisir qui vaut souvent d'autres plaisirs.

Laissons ces gens, notre Fanchon m'appelle.
A son principe elle est toujours fidèle;
Et, dans son cœur, règne l'égalité,
Comme au bon temps de notre liberté.
Lorsque Jourdain, lui parlant à l'oreille,
De son côté s'inclinoit tendrement,
Au bon Grichois venoit adroitement
D'un coup léger la faveur sans pareille.
Le bras fautif à temps s'en revenoit;
Et si, parfois, se redressant trop vîte,
A mi-chemin Jourdain le surprenoit,
Sans sonner mot de la tendre visite,
Sur son épaule il alloit s'attacher,
Et le jaloux n'osoit plus se fâcher.

Mais cependant reparoit la lumière;
Et le soleil, leur ramenant le jour,

Vient mettre fin aux mystères d'amour.
Près d'un relais le char stationnaire,
Met à partir un peu trop de lenteur.
Déjà Mondor, ennuyé voyageur,
Au conducteur, au postillon commande ;
Se plaint, appelle, et murmure, et gourmande,
Rien ne se meut. Il fera son rapport.
« Oui, c'est ainsi que cette horrible engeance
» Traite les gens qui font son opulence.
» Une heure peut décider de mon sort ;
» Et ces manants, tapis dans leurs tanières,
» Aux grands dangers exposent mes affaires :
» Ils apprendront si mon bras est puissant »
Pendant qu'il jure et qu'il va glapissant,
Tout-à-coup vient paroître à la portière
Brune piquante, au minois agaçant.
Elle s'écrie, en sa gente manière :
« Mes bons Messieurs, il nous faut pardonner.
» On oublioit un peu votre carrosse.
» Dame, voyez, c'est lendemain de noce,
» Et mon Charlot, celui qui doit mener,
» Pouvoit-il donc, dans une contredanse,
» Moi, son amie, ainsi m'abandonner ?
» Trop tôt aussi vient cette diligence !

» En si beau jour, elle feroit damner.

» Ah ! dans un mois, si votre char perfide,

» Pour repartir, a besoin de Charlot,

» Que je le plains ! il restera sans guide;

» Car, dans un mois, Charlot sera mon lot;

» Et, tout un jour, n'est pas trop pour Margot.

» Pardonnez donc si, près du mariage,

» Nous avons fait un peu d'apprentissage.

» Allons, venez et Marie et Fanchon,

» Toi, Géneviève, et toi, ma Louison;

» Venez donc voir ces dames si gentilles.

» Seules, au moins ! laissez là vos amants :

» Plus ne pourroient vous aimer, pauvres filles,

» S'ils avoient vu des objets si charmants. »

Elle parloit et couloient les instants :

Femme vantée est sans impatience.

Déjà Charlot sur le porteur s'élance.

Saisir le fouet, et la guide, et partir,

Ne font qu'un temps. La diligence vole.

Charlot n'est point un frère du Zéphir;

C'est la tempète et le vrai fils d'Eole.

Tous les objets devant l'œil semblent fuir,

Rapidement, comme fuit le Plaisir.

Arrête, ami; Dorimène est peureuse.

Dans les accès de sa terreur affreuse,
Elle rougit, ne pouvant plus pâlir.
　Mais les périls amusent la jeunesse.
A la portière on se penche, on se presse.
On aime à voir ces élans répétés
De six chevaux au galop emportés ;
Et cette roue, au mouvement rapide,
Qui fait des rais un corps plein et solide,
Et ce Charlot, si svelte et si léger,
Tout à la fois adroit et téméraire,
Qui, provoquant, maîtrisant le danger,
De ses coursiers, qu'excite sa lanière,
Sait, vers le but, diriger la colère.
Combien de ris ! Mais un énorme objet,
Un mur volant, une maison roulante,
Aux curieux donna quelque épouvante,
Et de chagrins devint un grand sujet.
En vain Charlot, de son adroit poignet,
Triplant les coups de sa mèche exercée,
Etablissoit ses droits sur la chaussée ;
Fier de son poids, l'impertinent roulier
Poussoit sur lui limons et limonier.
Il triomphoit. Mais, à la noble audace,
Fortune rit. Charlot vole et le passe ;

Et, saisissant, du bout de son essieu,
Du char grossier le monstrueux moyeu,
Il le renverse, et la charge de verre,
Qui, sur le sol se brise avec fracas,
Fait bien au loin étinceler la terre
Des longs reflets de ses brillants éclats.
Non sans effort s'opéra ce grand œuvre,
Non sans frayeur chacun vit la manœuvre :
Ce grand parti de vaincre ou de mourir,
A tous nos gens, étrangers à la gloire,
Semble une chance un peu rude à courir.
Pour mon Charlot brillante est la victoire.
Par les témoins aux cieux il est porté;
Mais le vaincu, vous pouvez bien m'en croire,
Ne trouvoit pas si belle cette histoire.
L'infortuné n'a point, dans son malheur,
Un verre entier pour boire à son vainqueur.
Je l'abandonne au chagrin qu'il mérite,
Et de Charlot je revole à la suite.

En un clin-d'œil il atteint le relais.
De ses chevaux, tout blanchissants d'écume,
Le flanc palpite et la crinière fume :
Du vin de noce ils ont payé les frais.
C'est en ce lieu qu'arrête, d'ordinaire,

Le conducteur, pour ce premier repas,
Joli, friand, de substance légère,
Toujours chéri des palais délicats.
On sent de loin la vapeur enivrante
Du grain fameux de l'étrangère plante
Qui, dans ses champs, plus voisins du soleil,
Pompe les feux de son disque vermeil.
Riche dépôt d'une flamme assoupie,
Qui, s'embrasant dans un bouillant cerveau,
Pour revoler vers le ciel, sa patrie,
Court agiter les ailes du génie;
Feu sans chaleur, lent et foible ruisseau,
Quand, parcourant une stupide veine,
Chez un balourd pesamment il se traîne.
Ainsi l'on voit le salpêtre bruyant
De sa prison s'échapper en tonnant;
Ou libre, épars, de ses minces parcelles,
Donner, sans bruit, de foibles étincelles.
Du bon café chacun a pris sa part.
Il faut pourtant excepter Dorimène.
Elle a senti d'une plante indigène
L'affreux mélange, et s'assied à l'écart.
On se souvient qu'en ce fameux tapage,
Guerre célèbre en tous les cabarets,

De son Moka prodiguant les paquets ,
Elle s'enfuit , en perdant son bagage ;
Il lui faut donc , de ce cruel dommage ,
Se consoler, en prenant un bouillon.

Mais déjà vient le nouveau postillon.
Le conducteur court ouvrir la portière.
On suit de près. C'est la halte dernière :
Tout, vers Paris, prend un nouvel essor.
Depuis long-temps on attendoit Mondor.
On cherche au loin , on crie, on questionne,
Et ce grondeur, qu'irritoit un retard,
Tranquille alors, occupé du billard,
Suivoit sa boule et n'écoutoit personne.
En vain Jourdain menace et le sermonne ;
Il faut attendre. Il finit lentement,
Et va gagner sa place gravement.
Du voyageur pour montrer la puissance,
A ces délais il met de l'importance.

Mais nos amants ne sont plus si joyeux.
On voit déjà s'approcher les adieux ;
Et les sermens d'un souvenir fidèle
Consolent peu de l'absence cruelle.
Ces doux projets d'aimer , de se revoir ,
Sur leur douleur ont alors peu d'empire.

Quand on jouit on dédaigne l'espoir :
L'espoir n'est bon qu'au temps où l'on soupire.
Pour soulager ce douloureux martyre,
On se promet des billets amoureux,
En redoutant ce plaisir dangereux.
Constance craint un peu de maladresse ;
Mais, bonne amie et charmante maîtresse,
Chloris permet à nos deux soupirants
De crayonner à l'envi son adresse.
Des amoureux sont-ils jamais contents ?
Il faut encore, on l'en presse et conjure,
Beaucoup se voir dans la grande cité.
Un vœu si doux, hélas ! est rejeté.
Chez un vieil oncle, à sévère encolure,
Qui du vieux temps retient l'austérité,
On va descendre ; et sa rude morale,
En ses accès fièvre très-humorale,
S'enflammeroit au plus léger soupçon.
Dans les grands cas, vive notre Fanchon !
Elle a saisi d'une légère absence
L'heureux instant, et son adroit crayon
Au bon Grichois a dépeint sa maison ;
Mais ajoutant toutefois la défense,
De visiter jamais son doux manoir

Avant qu'on soit enfoncé dans le soir ;
Car, jusque-là, des fourneaux occupée,
La porte est close à l'attente trompée.
L'ordre remis, elle donne à Jourdain
Mêmes raisons pour venir le matin.
Chacun est fier du temps qu'on lui destine,
Et se croit seul l'élu de la cuisine.
  Mais cependant de ce fameux Paris
On voit déjà la magnifique enceinte.
Dans un instant la barrière est atteinte :
Lieu redoutable ! empire des commis !
Près du régnant le conducteur admis,
Montre sa feuille en très-humble posture.
Sa majesté, foible pour la lecture,
D'un air hautain la parcourt lentement,
Mais aussitôt charge un détachement,
Tout composé de ses troupes légères,
De tout fouiller, intérieur et frontières.
Tout est en l'air ! Déjà porte-manteau,
Malles, paquets gisent sur le carreau ;
Et, pourfendus sur le champ des batailles,
Couvrent le sol de leurs tristes entrailles.
Trève, soldats ! Renfoncez, rebouclez :
Saccage-t-on quand on livre les clefs ?

Le chef enfin a rappelé sa bande.
Tout est dans l'ordre. On a suivi la loi ;
Hors Dorimène : elle avoit quelque effroi ,
Qu'on ne trouvât son teint de contrebande.
Pendant qu'ainsi s'attaquent les dehors ,
Des gens armés pénètrent dans les forts.
Il faut montrer cette longue cartouche,
Visage écrit , où tout , jusqu'à vos ans ,
Sourcils, cheveux, œil, front, menton, nez, bouche,
A qui sait lire , offrent portraits parlants.
Le brigadier homme des moins galants ,
Lisoit trop haut pour la défunte belle,
Puisque toujours, la Parque , trop cruelle,
Fait notre hiver à force de printemps.
    Mais on est libre. On reprend sa volée.
On a bientôt traversé les faubourgs ,
Les quais, les ponts ; et , par mille détours ,
On gagne enfin le bout de cette allée ,
Etroit goulet, abord trop hasardeux
Pour les accès d'un port aussi fameux (1).

----

(1) La petite rue de la cour St.-Pierre, où sont les
bureaux, est longue et très-étroite.

Le guide est bon, et la passe est franchie.
L. c elle arrête au centre de ces cours,
De tant de lieux, vaste géographie,
Où sur les murs l'écolier fait son cours,
Où, pour atlas prenant la diligence,
A tour de roue il feuillette la France.
Chacun descend dans cet immense hôtel.
Pour les galants le moment est cruel.
Amour, Amour, oh! quelle est ta puissance !
Ils oubliaient et fatigue et souffrance,
Tours de cahots, leurs genoux à l'étroit,
Les lits si durs, le grand bruit, la dépense,
Jours sans repos, les périls et le froid;
Tous ces tourments, dont se fait la misère,
Sont de leurs jours l'époque la plus chère.
Heureuse erreur ! moi, prince, dans ma cour,
Pour aumônier je choisirois l'Amour.

A-t-on du sort éprouvé les atteintes ?
De maux soufferts m'apporte-t-on les plaintes ?
En un clin-d'œil j'appaise mes sujets;
Et, pour les rendre en tous points satisfaits,
Sans exposer la fortune publique,
Au bel abbé je fournirois des traits;
Tous dards légers, armes de ma fabrique,

Qui porteroient, bien avant dans le cœur,
Ce feu si doux, qui suffit au bonheur.
　Dans le bureau bientôt Mondor s'empresse.
On a trop fait attendre sa hautesse.
Il jure, il peste. Il traite de faquin,
Et le commis, et le pauvre Jourdain.
Germe fatal d'une terrible guerre !
Le scribe fier, grossier, rébarbatif,
De batailler saisit l'heureux motif.
Il a ses droits, pour rempart sa barrière,
Et tout l'hôtel pour son auxiliaire.
J'ignore encor si l'homme devinoit,
Ou s'il a vu Mondor et le connoît ;
De la livrée il le suppose un membre,
Et dit : « Je dois, à bon droit, m'étonner
» Que, qui sait bien attendre à l'antichambre,
» Ici, n'ait pas un instant à donner. »
Chef insolent ! vous passez la mesure.
Il ne sert point. Vous blessez son honneur.
Six ans plutôt eût porté votre injure ;
Mais d'un valet, l'argent fait un seigneur.
Vexés, hélas ! de plaintes éternelles,
Aux gens en place il faut passer l'humeur.

Les tourtereaux et les deux tourterelles
En roucoulant, attendent bien soumis ;
Et Dorimène, à qui ce fier commis,
Par tant d'aigreur, montre sa violence,
Contient un peu sa vive impatience.
Heureux qui peut, ainsi que la Fanchon,
Dans les extraits de sa magnificence,
Porter son luxe en un simple chausson !
Elle étoit loin, son paquet sous l'aisselle,
Avant qu'on eût terminé la querelle.

Mais tout prend fin : la peine et le plaisir.
Jusqu'à Mondor, le dernier à servir,
Chacun étoit maître de son bagage,
Et s'apprêtoit pour un nouveau voyage.
Dans ce Paris, si long à parcourir,
Pour aucun point il n'est de voisinage.

Ah ! j'oubliois, parmi tant d'embarras,
Ce qu'à coup sûr, Jourdain n'oublioit pas.
Je veux parler de cette redevance
Qui, beaucoup mieux que tous les beaux discours,
En bons écus et monnoie ayant cours,
Donne du poids à la reconnoissance.
Chacun, content des soins du conducteur,
A sa requête, à l'envi, fait honneur.

Grichois, lui-même, a donné son offrande.
Tel est le sort des malheureux vaincus,
A tous leurs maux succèdent les tributs.
Mais d'un penser son triste sort s'amende.
S'il fut le seul à rembourser les coups,
Aussi tout seul a-t-il les rendez-vous.
Mondor et lui font porter leurs valises.
Des Auvergnats en chargent leurs crochets,
Et ces messieurs, en suivant leurs paquets,
Couvent des yeux les gens aux vestes grises.

    Perfide Amour ! en tes illusions,
Tu donnes plus que dans la jouissance ;
Le temps heureux de la douce espérance
Est l'âge d'or des tendres passions.
Dans ses foyers privé de sa Constance,
Le beau Damis, en ses ennuis cruels,
Ne prévoit plus que des jours éternels ;
Et, pour n'en point ternir sa belle vie,
Il court au loin retrouver son amie,
Dont ses coursiers, qu'aiguillonne l'Amour,
Ont devancé le char de tout un jour.
Il va jouir d'une douce surprise.
A quel haut prix sa feinte sera mise !
Depuis huit jours qu'il couve son projet,

De ses pensers doux et constant objet,
Dans cette absence il trouve des délices.
Il applaudit à ses tendres malices.
L'œil en arrêt, sur la route attaché,
Près de l'hôtel il se tient bien caché.
Enfin, enfin, il a vu la voiture.
Il reconnoît la céleste figure ;
Mais, sagement, il demeure à l'écart.
Il ne veut point, par trop d'impatience,
Perdre le fruit de sa longue prudence :
Le bonheur même a besoin d'un peu d'art.
Dans un bureau, parmi cette assemblée
De gens sans mœurs, de grossiers portefaix,
Peut il montrer son amante troublée,
De son plaisir combattant les accès ?
Il est plus sage, et, pour ses fins projets,
Dehors caché, il entend, de la porte,
Sa déité donner l'ordre pressant
De lui choisir un fiacre bien roulant.
De son courrier Damis devient l'escorte.
Sa bourse achète un silence profond ;
Et du carrosse il occupe le fond.
Le député, revenu du message,
Prend un paquet, se charge d'un second,

Et , finement , va placer ce bagage
Près de Damis , qu'il couvre d'un ballot.
Tout à Paris entend à demi-mot.
  On voit enfin paroître les amies ,
De courtisans d'un peu trop près suivies ;
Mais l'amant vrai tient à sensible honneur
L'hommage fait au doux choix de son cœur.
Tout alloit bien , quand , par mésaventure ,
Il entendit qu'on parloit d'écriture ,
Et de ce soins qu'un chevalier discret
Doit prodiguer , pour couvrir son secret.
Il ne sait plus ou s'il dort , ou s'il veille.
Il ne sauroit en croire son oreille ;
Mais les baisers , et les tendres adieux ,
Et les serments de s'aimer , de ne vivre
Que pour sentir et nourrir ces beaux feux :
Tout de ce doute aussitôt le délivre.
  Jour désiré ! Constance est sous ses yeux !
Mais , je l'ai dit , trop souvent l'espérance
Dans ses plaisirs passe la jouissance.
Damis bouillant , Damis au désespoir ,
Entre l'attaque et la fuite balance ;
Et , dans son trouble , il se laisse entrevoir.
Chloris l'a vu. La meilleure pensée

Au malin sexe , en tout périlleux cas ,
S'offre toujours pour sortir d'embarras.
Montrant un homme , à l'échine baissée ,
Aux deux galants elle dit, et bien bas :
« Messieurs , c'est l'oncle ; ah ! ne nous perdez pas.»
Du vieux Mentor pour sauver la sortie ,
Sans balancer ils quittent la partie.
Nos gens bien loin , Chloris , en grand courroux ,
Nomme vingt fois l'officier : téméraire.
Sans pénétrer cet étonnant mystère ,
Qui fait haïr ce qui sembloit si doux ,
A tout hasard , Constance est en colère ,
Et , protestant contre tout rendez-vous ,
Baiser ravi , commerce épistolaire ,
« Jamais , dit-elle , on ne pourra me plaire ,
» A votre exil , galants , soyez soumis ;
» Vous le savez , Constance est à Damis. »
Et puis , cherchant près de soi la figure ,
Pour qui s'ourdit cette grande imposture ,
Elle ne voit , n'entend , ne comprend rien ,
Et va monter dans sa triste voiture.
Oh ! qu'à Damis ces mots ont fait de bien !
J'a de la foi la douce panacée
Verse le baume en son âme blessée.

« Je me trompois. Oui , j'ai mal entendu.
» D'un noir soupçon moi-même je m'accuse ,
» A ce galant on n'a point répondu.
» A son départ il sembloit éperdu.
» Et , qui pourroit soupçonner une ruse ?
» Si bien caché , nullement attendu..... »
Avec délice il restoit confondu :
Et pour ses torts ne voyoit point d'excuse.
Tandis qu'ainsi notre amant se tançoit ,
Tout près de lui Constance se plaçoit....
Et qui pourra se peindre sa surprise ?
Lorsque , voulant reculer ses cartons ,
Sa main se sent par une autre main prise ,
Et tout en proie à des baisers gloutons.
Au cri d'effroi, Damis , ravi , se montre.
A son aspect vivent les premiers feux.
Du tendre Amour recommencent les jeux ,
Et l'on oublie une folle rencontre.
      Mais mon gros char a terminé son cours ,
Et je m'arrête avec la diligence.
Cygne aux abois , je laisse, en mes vieux jours ,
A la jeunesse à chanter les Amours.
Je dis pourtant aux amis de Constance ,
Que , l'oncle étant par suppliques vaincu ,

Damis, enfin, l'obtint en mariage;
Et que, joyeux, nos amants ont vécu.
Mari crédule, et femme un peu volage,
Feront toujours un fortuné ménage.

FIN DU QUATRIÈME ET DERNIER CHANT.

VARIANTE.

L'OPÉRA A TATONS. (1)

Combien alors tous nos voluptueux,
Pour qui la nuit, en déployant ses ailes,
Vient éveiller les heures les plus belles,
Regretteroient leurs plaisirs et leurs jeux !
Long-temps encor, dans une adroite lutte,
On les verroit le disputer au sort ;
Et, tout bravant, le choc et la culbute,
Pour l'Opéra faire un puissant effort.
Vers le bureau, marchant d'un pas timide,
Le mur voisin leur serviroit de guide.
Tous les commis, lentement convaincus,
D'un doigt subtil scruteroient les écus ;
Puis donneroient du paradis, des loges,
Par des billets, plus ou moins anguleux,
Enfin l'entrée à tous ces curieux.
Les directeurs, toujours dignes d'éloges,

---

(1) J'ai, d'après l'avis des gens de goût, supprimé
cette extravagance. Ceux qui n'ont point de peur de ce
qui n'a pas le sens commun, n'ont qu'à lire et hausser
les épaules.

11*

Auroient , aux points où trompent les détours ,
Femme nerveuse , homme à poitrine forte ,
Qui leur diroient : « Par ici , mes amours ,
» Pour vous servir on m'a mis à la porte. »
« — Venez jouir des plaisirs d'ici-bas ,
» Crie au parquet la jeune sentinelle ,
» Ici la scène est attrayante et belle ;
» Suivez la foule , évitez les faux pas. »
« — Vous , bonnes gens , entonne une voix claire ,
» Montez , je vais ouvrir le paradis.
» N'y courez point , comme des étourdis ;
» La place est grande , et presque tout entière. »
Ordre semblable est mis dans tous les rangs ,
Et l'on ne voit que foibles accidents.
C'est un mari séparé de sa femme ,
Des gens plus prompts ont occupé les bancs ,
Il en est loin..... de deux ou trois amants.
C'est une Agnès que sa mère réclame ;
Elle suivoit de près la bonne dame ,
Qui , de son doigt , la guidoit en chemin ,
Mais , en tournant , elle a changé de main.
Sujets légers d'une légère peine ;
Petits malheurs : on se retrouvera.
Passons à ceux qui font un opéra.

L'orchestre est prêt. Les acteurs sur la scène,
L'oreille au guet, attendent le signal.
Mais, tout-à-coup, sort un bruit infernal
D'un vaste enclos. Enceinte harmonieuse,
Et des accords fabrique merveilleuse,
Bientôt les voix viennent aux instruments
Joindre leurs sons et leurs tendres accents.
Union douce, et plus mélodieuse
Dans cette nuit sombre et voluptueuse.
On est ravi. Le joyeux spectateur,
Que flatte encor l'ombre mystérieuse,
Hait la lumière et chérit son malheur.
De la clarté cette totale absence
A ses défauts, mais de peu d'importance.
De ses acteurs on ignore le sort.
On ne sait point, ni qui vient, ni qui sort ;
Mais on se voit éclaircir le mystère,
Par le rapport d'un homme assermenté,
Qui suit la scène, et dit la vérité.
« Oyez, Messieurs, le prince est en colère,
» Le roi s'assied. Il veut tuer sa mère.
» De ce héros on perce le flanc droit. »
Et si, du fond d'une funeste coupe,
Une princesse, au mépris du bon droit,
Par l'ordre affreux d'une barbare troupe,

Puise la mort, il dit : La reine boit.
Ainsi de tout la salle est informée.
Mais quels travaux pour rendre les ballets !
Le *Moniteur* s'épuise en vains essais.
De ces Zéphirs comment peindre l'armée?
Comment tracer leurs gracieux festons ,
Ces pas formés avec tant d'élégance?
On suit du moins le bruit de leurs talons;
Et, quand Vestris jusqu'au cintre s'élance,
L'homme s'écrie : Il ne retombe pas !
Et l'esprit voit d'immenses entrechats,
De nos *bravos* inépuisables sources.

    Ainsi chacun, dans ces pénibles nuits ,
A force d'art , charmeroit ses ennuis.
Pour l'opulent fourmillent les ressources.
De grands Danois le servent dans ses courses ,
Traînent son char , reniflent les chemins
Sur les talons de coureurs quinze-vingts;
Mais, au milieu d'une pompe si belle ,
Le plus heureux pleure encor la chandelle.

    Que de détours , en son noble transport ,
A pris ma Muse, à coup sûr un peu grise ,
Pour vous conter , etc.

FIN DE LA VARIANTE.